坠落凡尘的星

ZHUILUO FANCHEN DE XING

——灵浪诗选

灵浪 著

SPM 南方传媒 广东人民出版社
·广州·

图书在版编目（CIP）数据

坠落凡尘的星：灵浪诗选 / 灵浪著 . -- 广州：广东人民出版社，2025.4. -- ISBN 978-7-218-18491-3

Ⅰ . I227

中国国家版本馆 CIP 数据核字第 2025VD2209 号

ZHUILUO FANCHEN DE XING——LINGLANG SHIXUAN

坠落凡尘的星——灵浪诗选

灵浪 著

出 版 人：肖风华

责任编辑：廖智聪
装帧设计：奔流文化
责任技编：吴彦斌　赖远军

出版发行：广东人民出版社
地　　址：广州市越秀区大沙头四马路10号（邮政编码：510199）
电　　话：（020）85716809（总编室）
传　　真：（020）83289585
网　　址：http://www.gdpph.com
印　　刷：珠海市豪迈实业有限公司
开　　本：889mm×1230mm　1/32
印　　张：9.875　　字　　数：134千
版　　次：2025年4月第1版
印　　次：2025年4月第1次印刷
定　　价：68.00元

如发现印装质量问题，影响阅读，请与出版社（020-85716849）联系调换。
售书热线：（020）87716172

自　序

　　在确定要出这本诗集后，我原本想着找个朋友帮我写篇序。直到我跟广东人民出版社的社长肖风华聊过这本诗集的出版事宜后，找人帮忙写序的想法就此打消。肖社长问了我一个问题：你为什么要坚持写诗？我当时就愣住了。是啊！我为什么要坚持写诗？在此之前，我从未想过这个问题。这段时间我静下心来想了很多，接下来我会试着回答这个问题。

　　我曾梦想自己能够成为一个改变世界的人。虽说梦想不一定能够照亮现实，但现实不可以没有梦想。

　　记得十七岁生日那天，漫天飞雪。我爬上屋后的山顶写下第一首诗，从此一发不可收拾。我觉得初中阶段对诗歌的热爱是源于热血的青春和对文字运用的好奇。高二我创办了

学校第一本纸质刊物《新野》，当时学校印刷过几期。整个高中语文考试的作文我几乎是以散文诗和现代诗的形式完成的。高中的诗歌创作基本上处于在阅读的过程中模仿和学习的阶段。大一我加入了骓风诗社，大二任骓风诗社社长。大学阶段我迷恋国外诗歌，当时纪伯伦和泰戈尔的诗对我影响很大。大学期间是我诗歌创作的狂热期，有时候一天能写七八首诗，多数是写爱情和亲情的。步入社会后，基本上是喝酒后和孤独的时候才会写诗。回想起来，从十七岁到四十四岁，我已坚持写了27年的诗。

很多看过我诗歌的人都说我的诗不够阳光。我很少解释。我是一个向阳而生的人。诗歌表达的情感跟我个人的性格截然相反，我想这就是诗歌对我的意义。写到这里我觉得应该可以回答我为什么要坚持写诗了。第一，诗歌是刻在我骨子里的热爱，是流淌在我血管里的血；第二，诗歌是我表达情感和宣泄压力的方式之一；第三，诗歌是我记录人生和成长的方式之一；第四，诗歌是我的伪装，也是另一个躲在黑暗里的我。

我写过很多人，写过很多风景，写过很多梦境。我甚至长达五年做同一个灰蒙蒙的梦。梦系列的长诗都是真实梦境的描写，但不够全面细致。很多人做完梦第二天就忘了，我的梦都写成了长诗。我觉得自己应该是坠落凡尘的一颗星，只不过如今深陷泥潭。这就是这本诗集《坠落凡尘的星》名字的由来。

　　平凡是世间的常态。我们大部分人都将默默无闻地度过此生。我用诗歌来记录人生中的每个阶段，诗集《坠落凡尘的星》虽只能记录我人生中的某些碎片，但对我而言足矣。

　　最后对于阅读者，愿我的悲伤能代替你们的悲伤，愿我的快乐能给你们带来快乐，愿我的幸福能带给你们幸福。

　　　　　　　　　　　　　2024.09.28 于广州

作者简介

　　灵浪，本名张聪，1980 年生，籍贯湖北通山县，2005 年毕业于大连交通大学，从初中开始写诗，高中创办《新野》诗刊，大学曾任"雏风诗社"社长，有作品在多种网络和报刊发表，曾出版诗集《寄居世俗的灵魂》。

目 录
contents

Chapter 1

人

一、旧朋友

（一）

繁星悄悄拨开垂下的帷幕

在深夜将影子潜入霓虹闪烁的街道

欢愉的歌声从酒吧门缝里流溢出来

在立交桥辅道的花基上缓慢地流淌

形形色色的路人在熙熙攘攘的街道上穿行

有的欢愉有的幽怨有的惆怅有的行色匆匆

赶路人归家人朝不同的方向越走越远

一节又一节的音符被粘在行人的脚下

去了遥远且陌生的远方

（二）

我在街边的石墩上

安静地坐着看来来去去的人

你捎来信息

说多年未见

甚是想念

我说是吧

相见不如怀念

当初的美好只是那一段青春的回忆

过去的就让他过去

人和事都一样

我们对过往念念不忘

是因为我们再也找不到那种情感了

简单或复杂

（三）

知道你来我这个城市的时间

但我没有联系你

你也没有联系我

过后问你

你说太忙

就没安排时间见面

好吧

忙

（四）

我经常在深夜

不开灯坐床上

把窗帘拉得紧紧的

听自己心跳的声音

有时候会问自己很多问题

有些有答案有些无从解答

我把自己关在黑暗狭小的空间

黑暗中会有很多个我跳出肉体

跟我谈论未来跟光明

人

可笑的话题

（五）

在华光泄露的秘密中我寻找新秘密

那是关于你和友情的秘密

我身上一直背着行囊却从未出过远门

我头上悬着利剑却从未杀死任何敌人

发现秘密那刻我把它用核桃壳包裹好

藏在灵台瞳孔深处的一颗心的最深处

从此世间多了一个秘密

（六）

你不知道这个秘密

我们都老了

自己以为还年轻

琐碎的生活磨掉我们所有的棱角

我们都老了
以后叫我老张吧

（七）

你是那个住在我心里很久的旧朋友
也是那个我永远不再联系的朋友！

——2018 年 12 月 6 日
23：23 于广州

二、亚花之一

你说过的话，

都忘了吗？

为何我还记得！

当我再次站在你面前

以为你也站在我面前

响彻天际的鞭炮

袅袅升腾的竹香

熊熊燃烧的金纸

这短暂的喧嚣

是最真的悲剧

你头枕青山绿水

我们却天人永隔

亚花!

你说过的话,

都忘了吗?

你说:

死后会变成一颗星

时刻将我守候!

你都忘了吗?

为何我还记得!

你可以随意进入我的梦

我却没你任何联系方式

如今的我

就是一颗

坠落凡尘

的星

寂寥却也坚毅

落寞也闪闪发光

多想

掬一汪清泉

捧一把黄土

将过往云烟

都抛诸脑后

多想

在这一刻能

紧紧抱着你

什么都不说

什么都不想

亚花

你说过的话，

还能信吗？

为何我还相信？

为何我

变成了星！

变成了你！

——2022 年 5 月 6 日

21：01 于广州

三、伊诺之一

当我们都陷入黑夜

暗淡的光还是透过窗纱

将你清澈见底的眸照亮

你倔强的睡姿

时常被梦惊扰

梦中

你说过的话

划破夜空便坠落了

像柄锋利的剑

像颗燃烧的星

将人世的纷繁

抚平

我刚从一场搏斗中

抽身归来

风雨兼程

便

尘埃落定

归来

你们都在我身旁

一个长不大的孩子

有了两个孩子

两个孩子

闹着闹着

就长大了

墨墨和伊诺

彩虹和光

未来和梦

都将灿烂

那些常年开花的树

又开花了

嘘……

夜深了

——2021 年 10 月 18 日

01：29 于广州

四、亚花之二

（一）

九月

一个相思如麻的人

奢望从他心底越走越远

在如水的日子，纯洁日渐干涸

被生活的沙子打磨过才明白：

有些人见一面却终生难忘

有些人厮守终生却再也不想相见

（二）

九月

在我的生活里撑起了伟大

它孕育了你和母亲，还有更多伟大的人

可你，是我这辈子最爱的女子

这种爱是刻骨铭心的爱

是余生再也无法企及的爱

（三）

回忆，像张网

将所有的情愫网罗

也将我的童年网罗

那个时候我并不是一个

听话的孩子

自认为并没能给家庭

带来任何快乐

现在看来：我的存在

就是你那时存世的快乐

我写过很多次亚花

不懂的人不必懂

懂的人不必骂我

我说过：

亚花并不是青蛙

她是我这辈子最爱的女子

（四）

多少次，我跪在你坟头

看杂草丛生的泥土将你掩埋

我多想掘地三尺

重新抱起你的骨架

亲吻你空洞的头骨

紧握你抱着我长大的手

我多想——

有生之年再一次拥抱你

在你的怀里大哭一场

哭到天昏地暗

但这一切

都不可能了！

（五）

《海奥华预言》阐述了轮回

我时常在梦中遇见你

这应该是最亲的人之间的心灵感应吧

等我死后，亚花

我们该在哪个星球

以何种身份相遇呢？

——2020 年 8 月 11 日

22：45 于广州

写给最爱的人

五、致外公

（一）

长在石头上的松柏

把手插在石头缝里

风来了，便

随风摇曳。绿松涛

吞没了那座坟墓

在村口拐个弯

在祠堂门前的池塘里

用石头雕刻的乌龟

在池中央被光照耀

它背上擎起的青剑

偶尔被晚霞染成

紫色

像一朵用紫罗兰雕刻的花

（二）

弄堂里

还有为活着的老人

准备好的棺材

在阁楼深处躲藏

漆黑的漆、鎏金花纹

渲染着神秘的气氛

祠堂上长长的、工整的祈愿

庇佑着子孙后代

多年前你建筑的房舍

仅剩半个躯干

这些年一直在风雨中屹立不倒

你写下的句子

比字帖还要工整的字

点横撇捺都染上你生命的血液

如今这些生命的印记

还残留在我父亲陈旧的书柜里

（三）

一直记得外婆讲过无数次那个关于你的故事

忘了你的名字

却忘不了你的模样

你就像一台古老的打印机

把故事

和你的容貌打印在

我心最深处，永不磨灭

东边

冷冽的泉水清甜，却

刺骨

你年轻的时候时常

去那里

因为那是光照不进的地方

你在泉水荡漾的微波中才能看清自己的脸

（四）

我一直不确定

你的墓碑上面刻有怎样的碑文

大二那年

我连续三天梦见自己的爷爷

爬上一座乱石翻滚的山岗

我一直在后面追赶，最终还是掉队了

四处打听才得到消息：

他推开一座石室沉重的大门

进去了，就再也没有出来

众人都说石室是你的坟墓

连续三天都做一模一样的梦

后来才知道做梦的第一天就是爷爷去世的日子

多少年了

你们在石室煮酒品茗的香味

飘不进尘世，诱惑不了风雪

（五）

住在森林里的光

在松针的心眼里奔跑

如今你

时常在松树底下诵读经文

超度那些奔跑的光，和

那些跳跃在你坟墓上的字

你并未离开

只要我们想

就能在梦中相见

—— 2020 年 3 月 5 日

23：41 于广州

后记：看到小姨妈发朋友圈才知道，今天是外公百岁诞辰。光阴似箭，往事历历在目。写下此诗，虽词不达意，但也是为了纪念那些出现在我们生命中并留下深深印记的亲人。

六、写给外婆

（一）

那条河当年就

漫过我的腰肢

初恋的家

就在对岸

所有的理由

都是为了爱

生活

往往这样

所有美好

错过了才懂珍惜

初恋的样子

是儿时的样子

我已多年

没去翻那些

旧情书和旧照片

激情随白发和年轮消褪

谜一样的梦还印刻在

脑海深处

愈久愈深刻

（二）

多年以后

最爱的女人

葬在河对岸

她入土时我未归来

野火燃尽芦苇和松柏

我无法想象

那天的天空和大地

我无法想象

那天的相聚和离别

那一年

我没归家

没有哭泣

也没有思念

那一年

我在一个陌生的城市

遇见完全陌生的自己

（三）

次年

广州到咸宁的高铁开通

我乘坐高铁返乡

我还是那个无法

养活家人的孩子

我还是那个无法

忘记您的孩子

循着那条河

舅舅带我找到

您的坟茔

枯草比肩高

我跪在那里

久久不起

泪水淹没脸颊

所有回忆

都被您带进土里

您不说再见

却天人永隔

我跪在那里

用手拔尽

所有野草

和思念

我再也无法

凝视您的眼睛

（四）

曾许下诺言

说每年归家

都要去看您

坚持了两年

诺言——

支离破碎

我知道错了

却不知廉耻

那些曾经深爱的人

那些曾经念念不忘的人

从我们的生活里离开了

离开了就离开了

我却无能为力

连思念——

都拖拖拉拉

——2019 年 7 月 3 日

21：38 于广州

七、致戴发达先生

所有际遇都被

安排好了

命运——

从不给我们

任何选择

再见你时

你躺在那

像一尊佛

像一幅画

像一段岁月浓缩的晚霞

很多人来

很多人走

我见过你前夜的眼

不眠不休

不爱不恨

你躺在那里

偶尔有人

接近你

看着你

看着你——

陌生的脸和眼

这辈子

最后一次化妆

或许也是第一次化妆

只是为了——

与这个世界告别

与身边所有的亲人——

告别

致悼词

默哀

作揖

跪拜

白百合和白菊花
覆盖着你的身体
你的遗容神情自如
你的微笑从容淡定

你被推进熔炉
和棺材菊花一起
触景生情的泪
飞向虚无
飞向你的铁床

一小时后
一堆白骨
一个罐子
你被装进
一个罐子

作揖
跪拜
你和罐子

人

被存放在

殡仪馆里

亲人和友人

在酒楼相聚

香烟和白酒

欢笑和寂寥

格格不入

我是在清晨

目睹了一切

告别了你

告别了一个

平凡且伟大

的生命

——2019 年 5 月 4 日

20: 08 于广州

后记：妻子的外公去世了，今天去中山送
他老人家最后一程，感慨万千。

八、蜉蝣·被谋杀的他

他走在时间的裂缝上，

被自己的伤口照亮。

———〔法〕伊夫·博纳富瓦

（一）

他醒来，

左脚藏在光中，

昨夜的梦，

并未离开。

那一首在梦中

唱了多年的歌，

还是那么

陌生。

他醒来，

被囚在一个房间，

漆黑的房间。

石头做的头，

比生命更踏实地存在。

他沉浸在漆黑的黑暗中，

无法自拔。

各种光，

像各种敌人，

将他石头做的头

和肉体割裂。

黑色的血液，

利用光的反射，

将玻璃窗照亮。

（二）

光就是利剑。

他笑了，

难得的笑容。

有木棉花般的芬芳，

在高汤和唇齿间流淌。

妇孺皆知的秘密，

却没有人揭破。

在不同的光里，

他不再有

不同的眼睛，

却有相同的手臂。

他走在大街上，

车轮奔跑的余温尚存。

前方、远方，

在昏黄的路灯下，

并不清晰。

（三）

爬满昆虫的路灯，

站在他肩膀的凤凰，

那些比自己还要强大的影子，

都潜入了黑夜。

所有妖魔鬼怪，

都原形毕露。

人

握在他手中的剑，

爬满了青苔。

甚至蜘蛛，

都在上面结满了网。

他终于在这个夜晚，

彻底失去了

光明。

他终于和黑夜

融为一体。

这是他期盼多年的梦想，

这是他奋斗一生的目标。

（四）

黑夜中，

他光着脚奔跑，

朝着更深的黑夜奔跑。

那只藏在光中的脚，

终于可以尽情拥抱黑夜，

就像拥抱它的父母、情人

和最终的死亡。

用石头做的、比石头还硬的头颅，

利用光的反射，

将自己黑色的血液

喷洒在磨砂玻璃的红唇上。

所有色彩，

都在奔跑，

奔跑着潜入

更深的黑夜。

（五）

他醒来，

站在风中。

在黑暗中聚集的尘埃，

掩埋了那只

站在他肩膀的凤凰。

他醒来，

哭泣着笑着。

神秘的字符，

像咒语一般

刻在他的额头。

人

当黑夜来临，

便会闪闪发光。

他的肉体和痛苦

都会融入黑夜。

他试图打开的世界，

又陷入了沉默。

（六）

他醒来。

"他走在时间的裂缝上，

被自己的伤口照亮。"

被黑夜照亮，

被熟悉的旋律照亮。

他醒来，

再也不想走了。

让爬满昆虫的路灯，

将未来的梦

照亮。

——2020 年 3 月 18 日

22：48 于广州

九、伊诺

黎明初醒

繁星未央

雨露唇齿微露

夜行人忧伤浅

喧嚣的尘世开始喧嚣

孤独的世界依偎孤独

你在尘世的喧嚣中降临

让我的浮躁重归于喧嚣

所有的爱一分为二

所有的责任却倍增

你经常在半夜惊醒

你经常在晨早深睡

你经常望着身边的人微笑
你经常为了一口乳汁大哭

这个陌生的世界拥抱着你的恐惧
这个残酷的世界留给你太多挑战

你慢慢认识身边的人
你慢慢了解身边的事

你用微笑和哭泣表达所有的情绪
你是如此简单明了地融入这世界

我在星星瞳孔里看见你影子
那就是我多年前迷失的影子

我看见你眼睛深处的秘密和深爱的女孩
我看到了自己锦绣年华终将谢幕的结局

我把所有的秘密都交给你

我把所有的爱恨都交给你

你是另一个我

所有的挑战都在你身边
你用微笑和乐观去征服

我看着你清澈明亮的眼睛
就像看见了多年前的自己

你是另一个我
你是我的儿子

是我的梦想是我未来的全部
是我生命中最重要的人之一

伊诺
你好

——2018 年 4 月 22 日
20：06 于广州

人

039

十、我

清晨，我穿越迷失在晨光中的薄雾

抵达熟悉的角落

那些正在坠落的树叶

还披挂着翠绿的颜色

像蝶，也像一个早逝的青年

那些被圈养在树上的鸟儿

唱着复杂又欢愉的歌谣

它们的歌声并不能打动我

我带着纷繁的心情咧着嘴大笑

我经常被自己的影子吓哭

像一个不谙世事的孩子

时光的痕迹并没有帮助我成长

我时常想起以前那些简单的快乐

我这样说并不是说我现在不快乐

可现在的我又好像是真的不快乐

这当然与这个世界无关

所以我经常想：

快乐是什么？

人生的意义又是什么？

是他人给予的爱还是给予别人的爱？

是所谓的财富还是控制人性的权力？

的确，每个阶段的梦想都不一样

我曾经渴望的一切如今成了击败我的敌人

除了那个永远无法实现的梦想：

成为一个改变世界的人

虽然已是冬天了

但我渴望那个取之不尽的春天

我喜欢春天、喜欢漫山遍野的花

和崭新的翠绿以及随心所欲的飘荡

我说的是真话

我们要么事先知道一切

要么永远不知道任何事情

我经常梦见那些往事和日思夜想的人

那个时候我就会变成一只凤尾蝶

人

飞越梦境中无尽的黑暗，抵达虚幻的彼岸
那个时候就能见到我想见的人和那一段
刻骨铭心的岁月。我承认
每每那个时候我会流下滚烫的眼泪
那只蝶也会化身不停跳跃的花朵
后来我才知道，质疑不会带来任何答案
唯独死亡会揭开答案

很多年了，我尝试着去寻找世界的秘密
和自己的价值。直到有一天我走到一个
亮着灯的空荡荡的房子里，看到赤身裸体的自己
站在一面光秃秃的墙前，才知道所有的秘密
都在我自己身上。所有的价值也在自己身上
我追寻的、失去的、丢弃的、还握在手上的
都不属于我
只有那口棺材和墓地才是我的
尽管这观点可能不被这个世界认可
但我还想坚持己见并在最后的黑暗来临前
燃烧自己的躯体并在夜空中划出一道闪电
短暂地照亮这浩瀚虚渺的世界

我渴望光

渴望像光一样给世界带来

温暖

我渴望爱

渴望像爱一样化解世间所有的

仇恨

——2023 年 11 月 26 日

16：41 于广州

十一、亚花之三

塞在你喉咙里的种子
发芽了。而你的骨架
还保持原本的姿势。那座山上
所有的坟茔都长满了芦苇和花
只是，再也没有亲人将你想起
所有的冰冷和炽热都是谎言
对你而言归隐尘土才是结局

穿越时空的诗和纷繁的世界
是最大的冲突。就像那些爱
和恨和纠缠，本身就是骗局
浑浊的人间藏匿着多少秘密？
没有谁可以独善其身，没有
谁可以构建自己封闭的王国

多年前就认识你，是场邂逅

还是场意外？你完美的模样
像古战场的车轮一样碾过我
澎湃的胸膛。如今你还活在
我滚烫的胸膛里。像一首诗
也像一场永恒的歌剧。时间
总是这样子，将悲剧和惊喜
糅进骨子里，糅进平凡和伟大之中

我深爱过你，现在还爱着
爱的力量总是无穷无尽的
但现在，我忘了你的名字
忘记了你模样。你的影子
就是如今我的模样。但我知道
你永远躺在那里，躺在大地的心脏
躺在我也要躺下的地方。从你身体里
长出来的花朵，也必将从我的身体里长出来

让时间沙漏里的沙带走我的思念
和我疲惫不堪的肉体。而你，就
安静地躺在那里，等我。等我
再一次拉着你的手诉说所有思念

和人世间的悲欢离合。我喜欢花
也深爱着你，更深爱着这个纷繁
的世界。让那些花儿开得更久点吧
让我把思念的情绪酝酿得更浓厚点

再相遇

永不分

亚花，挂在琼宇的星

灵浪，坠落凡尘的星

——2023 年 7 月 29 日

22：05 于广州

十二、父亲节

小时候

总幻想自己

能成为英雄

长大了

才知道

父亲——

就是我的英雄!

——2023 年 6 月 18 日

17：48 于广州

十三、清明

——致那些逝去的亲人

该将怎样的意义赋予你——一个不醒的梦

是一个穿越时空的载体？

他们在山上的土里为你建造了家

在石头上刻上你和子孙的名字

还用一个真实的月亮

将你照亮

记忆的按钮将节日的裙裾打开

那些情节被囚于一个房间，囚于

唱片机上的声音里

直到今天我才相信：死亡

也会微笑

今天，悲伤的门自己打开

人们谈论着死亡

谈论着死去的那段岁月中

值得思念的人和事

该将怎样的思念赋予你——刻骨铭心

是一缕指尖逝去的光?

我在心脏的最深处刻下你的模样

也刻下一连串表达思念的诗

曾经那一段难熬的岁月

将我的决绝唤醒

今天,很多人在你的家

插上纸伞和假花

还有纸钱和鞭炮

短暂的喧嚣很快就会

被风吹散

我醒了,下着雨

昨晚还有一个人在我身边死去

可我并不觉得悲伤

是的,我只思念你!

我在微凉的雨中

人

伸开沉默的手臂，

在另一种深刻中拥抱

被风吹散在空气中的冰凉的你

每个人都会死三次

而你已经死了第二次

所以该怎样忘记你？用自己的死亡

代替你的第三次死亡？

还是与你一同永生？

你自己打开的门，关了

我第一次看见你在松针间跳舞

而袅袅升腾的雾将你

包裹着

你刻意将虚幻照进现实

照进那些深爱你的人的眼帘

所以你是想以此证明你的爱？

还是以此陈述你最后的决绝？

今天

在这个人们都在谈论死亡的日子里

你用自己的微笑：死亡的微笑

将人世照亮

将疑问夯实

将亲情拧紧

将思念延续

——2023 年 4 月 5 日

12:08 于广州

十四、写给父亲

世俗的喧嚣劈头盖脸，

真实的生活时刻发生。

有些人在苦难中挣扎，

有些人活在光中发光。

清早醒来，我在朋友圈中

看到各种表白和祝福。

或许那些被祝福的父亲

正在祝福他自己的父亲。而那些

失去父亲的人，一整天都要活在

思念和痛苦之中。

"我们不慌不忙，总以为来日方长；

我们等待花开，却忘了世事无常"。

最近总听赵乃吉这首歌，

每听一次都深深陷入词中。

四十岁了，那个父亲眼中的孩子
也成为了父亲。而父亲也变成了爷爷。
这一天，当祝福和表白霸占朋友圈的时候，
我陷入了深深的愧疚也进行了深刻的反思。
从 2013 年起母亲一直在广州帮我带孩子，
每年也就寒暑假和过年才回去陪父亲。
他疾病缠身却能独当一面。很多事情
都自己处理妥当了。每次给父亲钱，
都是推脱不要。总想着孩子们的苦，
而忘了自己的苦和难。
农村长大的孩子，从小就不擅长跟亲人表达情感。
我总习惯用自己的方式隐晦地去表达爱。
这么多年过去了，我和父亲很少直接沟通情感，
但我内心深处万分感激和愧疚。

每年回老家，看到破旧的村落，古老的宗祠
和熟悉的老屋，往事就一一浮现在眼前。
爷爷奶奶父亲母亲弟弟妹妹和我一起发生的
每一件事，就像放电影一样。
多好啊！我还有三岁时的记忆，是刻骨铭心的
记忆、是流淌在血液里的记忆。

人

如今的我，经常用文字来表达对那一段过去

时光的怀念。

童年的时光应该变成了血液流淌在我的胸膛里。

而父亲，则是我童年时光里最重要的人。

我的好朋友杨玲玲昨天写了一篇很长的文章，

写给她的父亲。

没发给她父亲之前先发给了我。

我看完热泪盈眶。

父母给我们的爱，是这个世界最无私的爱。

我们也做了父母，而我们的父母都已经老了。

我们要像小时候他们爱我们一样去爱他们。

这个父亲节，我没能陪父亲。

希望下一次过节我们爷俩能坐在一起

聊聊天，喝杯酒。

——2022 年 6 月 20 日

20：45 于广州

十五、千年写月——写给 WL

好久不见了

你过得好吗?

时间如水流逝

转眼又是秋了

我在这个陌生的城市

娶妻生子、颠沛流离

抬眼便是光

阳光、华光和目光

我在执拗中坚持伟大

在平凡中延续信仰和爱

那些让我念念不忘的人

和事,都写在我的故事

和诗歌里

多少年了,我还记得当初的诺言

承诺的"千年写月"每年只写给你

人

只是，世事变幻莫测
轻浮的诺言早已被风吹散
你我早已天各一方

思念的人是别人的人
如今明月当空
我，再也找不到那个
让我念念不忘的人了
用铅笔写下的
用钢笔写下的
用圆珠笔写下的
用手机写下的
"千年写月"
都藏在我的收藏夹里
只是，再也没有
能读懂的人了

风花雪月待梅开
抽刀断水水更流
一杯浊酒慰风尘
独留青冢向黄昏

思不该念的人

写被唾弃的文

烂醉后

我在红尘的夜空中

撑起一盏诡异的灯笼

灯笼上写着：

浪

——2021 年 9 月 21 日

21：12 于广州

十六、写给轩墨

今天的风

并无异样

那条小路

铺满记忆

紫荆花

已开过

我无数次

拉着你的小手

穿过花香和风雨

越过日月和星辰

时间长了

我们的影子

长成相同的模样

很多话

从未对你说

可你都懂

时间长了

你

长成了我的模样

时间长了

你

也长成母亲的模样

六年过去了

再过六年

你还是孩子

还是我的宝贝

不管过去多少年

你永远都是我的宝贝

今天的风

并无异样

其实

每天的你

都不尽相同

人

我爱你

不管你

变成什么样子

——2019 年 7 月 12 日

22∶03 于广州

十七、千年写月—2018

（一）

当我醒来
你在梦里
麻花辫上疯癫的音乐已死

那轮明月并没有如期出现
就像我们曾经的海誓山盟

轻薄的乌云掩藏深夜的秘密
笨拙的繁星流放它们的悲伤

当我醒来
看见夜空被纱窗割裂成碎块
熙攘的车流和零星的夜行人
在柏油马路的唇边陷入沉思
刚刚熄灭的霓虹灯余温尚存

（二）

这城市除了我没人记得你

你的一切都与这座城无关

你来过

又好像从没来过

就像前世的流星

就像昨夜的浅梦

（三）

很多年了

只有中秋才想起你

答应过你

中秋节要给你写诗

可时间过得越久

要表达的情感也就越少

直到今年

我觉得似乎没有什么要表达的了

你已经走得很远了
我站在最高处的塔楼都无法将你眺望

你已经离开我的生活太久了
我甚至忘记了你之前的模样
我也忘记当年自己的样子了

（四）

把所有悲伤思念和仇恨交给时间
最后，时间会给我们最真实的答案

我们之间的故事也是这样
我已不轻易对人说想你了

（五）

夜很深了
女儿在睡梦中给我两巴掌

人

她说打你

　　打你

　　她说的你是我吗？

（六）

这整个夜晚我看着一颗颗

繁星躲进乌云又坠落凡间

偶尔有几滴雨水滴落下来

跌落在斑驳陆离的旧窗几

惊醒屋檐浅睡的红嘴鹦鹉

　　梦醒了

很多人和物在深夜醒着

看自己眼睛折射出的光

轻轻将沉睡的黎明照亮

　　　　　　——2018 年 9 月 27 日

　　　　　　21：18 于广州

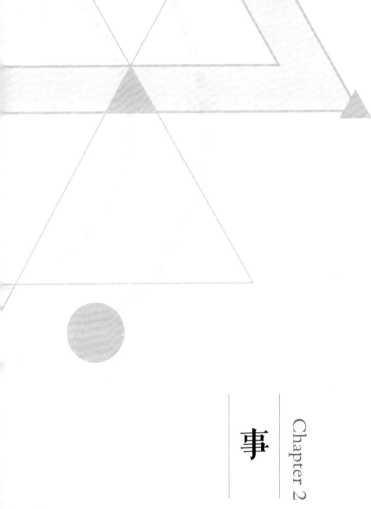

Chapter 2

事

一、祈愿

四月

病毒猖獗

世界深陷苦难之中

此刻的广州

烟雨蒙蒙

我坐上一辆陌生车

去一个熟悉的地方

见几个熟悉的朋友

唯有酒和友情

才能让我暂时放下

压力和焦虑

年纪越大

越喜欢孤独

所以朋友越来越少

那些让我们念念不忘的人和事

不过是我们对逝去青春的怀念

当我们无法靠一己之力

改变命运的时候

唯有努力拼搏

当我无法改变环境的时候

唯有调整自己去适应环境

所以我们要

不念过往

不期未来

活在当下

不负韶华

世事变幻

人来人往

我们要试着

与世界和解

与自己和解

愿

世界和平

国家昌盛

人民安康

——2022 年 4 月 19 日

18：29 于广州

事

二、信仰

这世上

唯一

光

照不进的地方

是

人心

懂了

便

了无牵挂

——2021 年 6 月 29 日

23：26 于广州

三、执念

你开过花
春天
就过完了
可冬天
还留在昨天
那些冰封的
不再是神话
是我命中
不可或缺的
骗局

我来了
亲吻
拥抱
都囊括不了
过往

事

也

代表不了

未来

我

只是我

一颗孤独的

子弹

一个

烂醉的

男子

承诺的诗

欠下的情

念念不忘

的人，和这

更深的夜

格格不入

我还是那个

追光的少年

只剩我

没有光

爱

不爱

并不是

关键

我

还是

我

——2021 年 6 月 12 日

21：55 于广州

事

四、端午

（一）

雨水比账单还及时。

昨夜在梦中，

写了词、

谱了曲。

在梦中唱了千百遍的歌，

醒来还是忘得彻底。

旧梦新愁，

被晨曦掩埋。

没人唤我醒来，

就像没人看到

我睡去。

每段荒芜的时光，

都被时光杀死。

我只是那个

在时光的缝隙中
夹着尾巴逃走的男孩。

（二）

城市和灯光都被雨雾笼罩，
远处的建筑融入夜的心脏，
赶路人在路上赶路，
孤独人在酒水中沉沦。

雨越下越大，
翻开手机，
却找不到一个
可以聊天的人。
快乐和时光，
越走越远。
我渴求的简单，
是个复杂的故事。
是啊！
谁又不是呢？
胡子越多朋友越少。

事

（三）

金钱树死了，

就变成金钱龟。

太阳死了，会变成星星吗？

近几年，我只要喝多了，

便躺在阳台的地板上，

看星星一颗一颗

坠入泥潭，坠入深渊，

坠入萤火虫的瞳孔里。

每次醒来，萤火虫都

潜入我忐忑不安的心里。

我并不是

魔鬼。

就像星星并不是

萤火虫。

我只是那个

在梦中笑醒却忘了那个梦的傻瓜。

（四）

臃肿的身材，

就像这啰嗦的诗句，

喝几口酒才挤出几句无聊的句子。

这应该就是真实的生活吧！

酒越喝越多，

朋友越来越少，

每次相聚都是美好。

失去的和即将失去的，

会耗尽我的余生。

我希望重入旧梦，

将那首歌，那个人，

那段传说，

用文字

固定下来！

——2020 年 6 月 25 日

20：00 于广州

事

五、活着

有些人

走着走着

就散了

有些事

做着做着

就完了

生活

从不给任何人

留痕

活着

才是开始

——2020 年 6 月 2 日

01：38 于广州

六、不惑

（一）

被光染过的房间，

空着。

杧果树的枝丫，

垂下，

将窗遮蔽。

细雨、薄雾，

沉下来，

它们的目光

与我——

相遇。

我在细雨蒙蒙

的午后

燃起一支香烟，

坐在窗边，

看雨

一点点，
一点点落下。
落在眉梢，
打在心里。

（二）

所有眷恋被提及，
所有思念被勾起。
我不是圣人，
却是个
敢爱敢恨的人。

那些离开的，
值得珍惜的
人。
一言一行，
都藏在心里。
我知道：
一旦失去了，
就失去了，

再没办法找回

当初拥有的东西。

即使找回了，

也刻有他人的痕迹。

（三）

多年前，

我在一个

完全陌生的城市，

目睹了一场

与自己相关的悲剧。

那是一场

彻底改变我人生观价值观

的悲剧。

那个熟悉的人

至今还用着那个熟悉的号码。

而我

早已将之前她认识的我

杀死。

我的肉体还活着，

是为了更多意义活着。

（四）

人世间

可能

连一个理解我的人都

不存在。

那又何妨？

四十岁的男人：

除了父母，

就是子女，

夫妻只是别人的笑话。

（五）

夜深的时候，

将自己灌醉。

夜醒的时候，

我将夜灌醉。

不抽烟的男子，

手指却被烟熏黄。

三月，

烟雨蒙蒙。

紫荆花随风飘落，

落在雨里，

落在泥潭，

落在我

倔强的

心里。

（六）

风一样的男子，

像个疯子一般

热爱这个世界。

如果没有光，

我便和黑夜成婚。

如果没有爱，

我便和自己恋爱。

如果没有现在的世界，

我便将自己

事

送回远古。

谜一样的男子，

在漆黑的夜中，

写诗饮酒。

——2020 年 3 月 19 日

22：59 于广州

七、伊始七月

（一）

想起时

七月仅剩一日

日子在蹉跎中流逝

曾许下的诺言

灰飞烟灭

风起时

匍匐在地面的风

又被吹起

它们——

穿过树叶的缝隙

溜进芦苇的胸膛

在雄鹰的翎羽稍作停留

便朝着远方飞去了

飞去便再也飞不回来了

事

我是在梦中看着她离开

连续几天做同样的梦

醒来，才知道

她是真的离开了

没有告别

也没说再见

一个不能说是挚爱的人

从我的世界消失了

这是多年前的故事

我只哭过几次

便开始微笑

那时我还是个孩子

七月是暑假伊始的时候

光着屁股在小溪里游泳抓鱼的快乐

远超爱一个人的快乐

日子在嬉戏玩耍中流逝

一转眼我便成了父亲、丈夫和大叔

七月和暑假再也与我无关

我再也不敢在溪水中光着屁股游泳

纯真和梦想随着溪水流向远方

流走了便再也回不来

（二）

其实，伊始七月

最早是为一个女孩写下的诗歌

连续写了几年

却没告诉她

那时还没有用手机写诗的习惯

都是白纸黑字一笔一画写下的

如今这些诗歌

都留在我身边

我的眷恋夹杂着遗憾

遗憾出卖了虚伪

我曾经认为的爱

都是自私的占有

直到我再也无法联系上她

才知道——

这辈子我们

再也不会相见了

或许

放手也是爱的一种表现

（三）

千年写月

也是写给她的诗歌

写下万千的文字

却再也找不到懂我的人

所有文字也就失去了意义

至少十年

我再也没遇到

让我撕心裂肺思念的人

心如死灰地活着

勉强靠臆想和杜撰的剧情度日

如今

我又一次站在

人生的十字路口

错对都无从预料

要来的结果

我并不害怕

所有结局

都已写好

只是我们自己知道的时间

会晚一点

（四）

都结束了

伊始七月和千年写月

再无续集

不写了

放下了

事

不是不爱了

是再也无爱了

让岁月习惯我的臆想

让夏风吹走我的多情

让过往包容我的决绝

往后余生

更希望自己做好父亲

做好子女的角色

用更多的爱——

为身边的人带来力量

（五）

期待八月

遇见更好的自己

——2019 年 7 月 30 日

23：31 于广州

八、奔跑

（一）

小时候

渴望快长大

好像长大了

世界——

都是我们的

那个时候

生活的琐碎和压力

都与我们无关

一个简单的游戏

一个廉价的玩具

可以玩一整天

小时候

天总是蓝的

水总是清的

周遭尽是欢愉

处处都是玩伴

再清苦的生活都

无法压抑简单的快乐

小时候

不懂父母的苦

不懂爱

跟父母斗气

跟同学打架

跟老师作对

（二）

转眼间几十年过去了

子女成了父母

父母成了父母的父母

那些儿时的玩伴

再也没有当年的天真

我们再也不打架了

曾经光着屁股一起长大的人

有的几年都碰不上一面

所有感情和记忆都

停留在当年

其实我们——

在多年前就永远地失去了对方

只有那些回忆镌刻在灵魂深处

我们念念不忘的

刻骨铭心的人和事

只不过是当年走丢的那个人

那个从我们心里走丢的人——

留下的故事

（三）

有人说：四十岁的人

除了生死其他都不是事

随着年龄的增长

越来越多熟悉的人离开我们

事

生死离别已是常事

这是自然规律

谁都无法逃避

长大了

才懂得为人父母的苦

才明白生活的残酷和无奈

等到我们长大了

多想时间能够过得慢一点啊

这样——

我们的父母也可以老得慢一点

我们就可以跟发小多玩点游戏

如果时间过得慢一点

我们就可以重新思考

重新选择

重新出发

长大了

才知道

我们再也回不去了

（四）

长大了

再也回不到从前

既然如此

我们为什么不能

从现在开始奔跑

朝着自己想要的方向

最近的广州

每天都有一场

突如其来的大雨

可——

风雨过后又是阳光灿烂

我每天在路上奔跑

为了梦想为了明天

到了这个年纪

要学会——

事

珍惜眼前人

长大了
我们被时光推着向前
除了奔跑
没有退路

——2019 年 6 月 11 日

00：06 于广州

九、致逝去的青春

（一）

黄昏前，独自爬上屋前的山丘，

山路荆棘丛生，寥剩从前痕迹。

站在高处眺望整个村庄，新房林立，

炊烟袅袅。垃圾场就在山后。

不规则形状的田被水沟和小路分割开来，

收割后的稻田尽显荒凉。

儿时抓鱼的小溪，飞不进一只鸟雀，

再也没有鱼虾。

偶尔有些老人进山，砍些柴火，

度过寒冷的冬天。

年轻人都进城了，留下鳏寡老人，

独自守护家园。

事

（二）

我已两年未归家。

熟悉的东西越来越少，

儿时的记忆被时光一点点掩埋。

曾经的少年正步入不惑之年。

生活的压力让梦想举步维艰。

独自一人站在山顶，燃起一支长长的香烟，

看光线逐渐变暗，看薄雾缓缓升腾。

（三）

还记得十七岁生日那天，漫天飞舞着大雪。

我爬上后山，给自己写一首长长的诗歌，

这首诗如今还保留在我的手稿里。

如今家乡已很少下雪，

应该说很少下那么大的雪。

时光飞逝，二十二年过去。

爱我和我爱的人越来越少。

冷漠和麻木变成生活常态。

（四）

生在这里的人如果不努力，

二十岁就可以看到自己五十岁的样子，

五十岁可以看到自己离开人世的样子。

可悲的是，大部分人都过着这样的生活。

污染和恶习带走了太多人的生命。

没有人改变和反抗，或者说没有人反思和觉醒。

所有人都我行我素，做自己也一点点失去自己。

（五）

我知道，再也回不到从前了。

历史的浪潮推着我们向前。

曾经的家风雨飘摇。

我应是在湖心长大的男子。

我有一颗水一般柔软的心。

任何柔软的画面都能触动我心灵。

我应是在前世的涅槃中重生的凤凰。

事

那只蓝凤凰的双爪深深插入我肩膀。

我时常梦见前世的样子，时常梦见那只蓝凤凰。

我时常看见自己的心堆放在乱石丛中无处安放。

（六）

黑夜来临。

伊诺早早睡了。轩墨一整天没睡。

我一回到家轩墨便跑过来要我抱。

我把所有的宠幸都给了她。

她应是我前世辜负最深的情人。

我竭尽全力把所有的爱都给她。

她是我所有快乐的源泉。

（七）

把爱交予生活，

把梦想藏在心底，

闲暇之余把过往都过一遍，

找到那些值得用余生去珍惜的人和事。

我喜欢在深夜醒来写诗，

写每行值得记录的诗句，

并以此铭记应该铭记的

过往和爱。

——2019 年 1 月 30 日（农历腊月二十五）

00：01 于咸宁通山写给 39 岁的自己

事

十、冬夜

（一）

几天前开的红酒已发酸

薄薄的灰尘附着在瓶身

我唇齿留下的痕迹清晰

黑夜悄悄来临

冷风吹落繁花

寒冷让激情和欲望沉寂

（二）

街上人少

车流稀疏

我独自一人裹上行头

穿过长长的连廊和昏暗的小径

在一条走过很多次的路上徘徊

看街灯看江水看路人和凤尾蝶

昏黄的路灯将我的影子拉得很长

我踩着自己的长发走向更深的夜

江边人少

独唱者忧伤

没有听众停驻

昨夜撕裂的嗓子发出幽怨的哀嚎

（三）

我把耳机的音量调到最大

冷静地从一只金毛身边跑过

它假装的熟络让人担心

难道它也是一只孤独的老狗？

事

在夜里迎风绽放的花

没有任何芬芳

如果不仔细辨认

还以为是自己弄丢的红心

（四）

寒冷和思念总让人忧伤

这个夜晚我又想起很多远方的人

只是想起

仅此而已

在自己选择的路上越走越远

我们走着走着就散了

（五）

多年以后我们再也不需要

故事来慰藉自己的软弱无能

每一个中年男子都是一座孤岛
岛上有坚硬的岩石和成堆鸟粪
冒险者才有机会登岛

（六）

香蕉树站在溪旁听潺潺流水声
听时间一点点带走寂寞和欢愉
我今晚刚好从它身旁走过
轻轻拉起它柔软的双手
告诉它一切等待都是值得的

时间会给我们最终的答案

（七）

流浪者坐在汉白玉堆砌的护栏上
他打结的长发像一串串黑色的珍珠
在蟾光中闪闪发光

事

我递给他一支口红

我带走他一袋忧伤

我的影子逆着光逃离我的眼睛

（八）

所有的事情都会发生

所有人都会失去自己

——2018 年 12 月 8 日

21：12 于广州

十一、随笔

（一）

那些常年开花的树交头接耳

远方的白鹭从太阳裙裾飞过

微黄的晨光从薄雾中探出头

龙船花叶片上的露水在沉睡

被安放在岛上的花木灵魂无处安放

垂钓人早已将自己的良心沉入江底

昨夜中毒的鱼群深陷渔民稠密的网

江水褪尽鱼浅红的唇冒着浑浊的泡

（二）

水墨园停车场停满了车

一只蜗牛在人工堆砌的青石板上爬行

朝一池睡莲喧嚣的方向

事

我经常在黄昏或晨早 ① 一人驱车到这里

　　看那些挣脱世俗束缚的灵魂自由散漫

　　看被光映在脚下自己陆离斑驳的影子

我经常独自在这里安静地看着花木和珠江

　　看锦鲤和虚脱的蝉以及前夜浅睡疲乏的风

在这十一月还穿短袖的城市我分不清春夏秋冬

（三）

　　　　有些人还留在我身边

　　　　有些人身在他乡异地

　　　　过自己必须过的生活

　　　　还不是说再见的时候

　　　　所以没有必要说再见

　　　思念是自己的事也是奢侈的事

---

① 晨早，粤方言，表示一大早。

有人说过：人一生死三次才是彻底死了

一次是心脏停止跳动的时候

一次是肉体入土为安的时候

一次是这世上最后一个记得他的人彻底

忘记他的时候

有些死过两次的人还深深活在我心里

（四）

时光奔跑的速度远超我想象

很多时候还以为自己是一个没长大的孩子

可当我看到自己的孩子在风中奔跑的时候

当我看到身边的亲人皱纹越来越多的时候

我已经是个中年男子

在生活这条不归路上不停地奔跑

当我孤独的时候当我悲伤的时候

我再也找不到一个可以倾诉的人

事

那些依稀模糊的感动和期许慢慢融化在黑暗中
到底是生活让我变成了如今的模样
还是我让自己变成了如今的模样?

（五）

那些常年开花的树又开花了
多次见面却从不知它的名字
时光荏苒
风雨飘摇
只有她一直站在原地
只要我想见
她就会一直站在那里等
只要我想见
我就能见到

（六）

我牵着两双小手继续奔跑
从此不再思念明月

——2018 年 11 月 14 日

12:15 于广州

十二、生活

我再也没有遇见那样的人
可以一起走很长的路却从不说话
我再也没有遇见那样的人
可以多年不联系却从不陌生
我再也没有遇见那样的人
恨得咬牙切齿却也爱得撕心裂肺
我再也没有遇见那样的人

或许我再也不是从前的我了

有些人走着走着就散了
有些人失散多年又回来了
那些老地方和那些人都不在了
躯体回来了心却再也回不来了

不为选择后悔

事

113

不因结局怨恨

每一个选择
每一个故事
每一段旅程
每一份情缘
都有因果

当我回望过往
当下才是幸福

我再也不需要那样的人
我再也不需要那样的我

很多人需要现在的我
需要我拼尽全力去争取更多
需要我付出全部的爱和关怀

我再也不需要那样的我
我再也找不回迷路的我

好吧

一切摆在眼前

我已无从选择

我乐意接受生活给与我的一切

我活在自己认为的幸福之中

我爱这一切，虽然我忘了自己是谁

那些迷路的人是否像我一样

丢了自己之后才邂逅了幸福

——2018 年 8 月 11 日

20：23 于广州

事

十三、意外

天蓝色的绿道被暴雨热烈亲吻
紫荆花去年跌落的痕迹还深刻
青涩的杧果子在五月挂满枝丫
啁啾的黑尾燕在雨中追逐嬉戏
喧嚣的世界在暴雨中变得安静
我在做旧的廊桥上安静地听雨

安静地听自己心跳的声音
我在绿道沉睡的齿边沉睡

一只倔强的青头蚂蚁用歌声将我唤醒
它时而深沉尖锐幽怨悲伤时而明亮欢快的歌声
像一把利剑刺穿我孤独深邃的忧伤

我抬眼看着这个被暴雨吞没的世界
这正是我想要的那个全新的世界
黑尾燕飞走了

暴雨也停歇了
娇羞的夕阳躲在乌云身后
白玉兰颓废的花蕊迎着光

那一缕光穿越所有鲜花的明眸
穿过我清澈如泉的欲望便死了

我在这个并不寒冷的黄昏抱着光
抱着那刚死去不久余温尚存的光
沉重地走在这条天蓝色的道路上

我看着怀里刚刚死去的光
我看见她眼底深邃的秘密

她的死是这个黄昏语无伦次的美丽
我化作一缕光穿越所有鲜花的明眸

闪电是我的明眸

——2018 年 5 月 13 日

18：45 于广州

事

十四、漂泊的心·归

（一）

你张开眼

没人看见你的眼

沉重的皱纹埋葬了表情

岁月在召唤你

你忘了哭泣和感谢

你不需要感谢这个世界

风很大

你坐在墙角的边缘

你点燃一支别人丢弃的烟头

嘴里吐出无尽的忧伤

你似乎张开的双眼冷静地看着这个世界

（二）

有人丢下零钱

有人买来食品

有人问了简单的问题就离开了

你一直坐在那里

你甚至忘了微笑

（三）

远处有人唱歌

有人开始争吵

有人开始奔跑

喧嚣和宁静流逝在风中

你一直坐在那里

你并不在意远方

（四）

一个穿红裙子的小女孩跑过来

事

她叫你爷爷

给了你她的零钱

她问你为什么要坐在地上

（五）

你说我要回家了

你拿出身份证和借钱买好的票

你开始微笑

你笑得很灿烂

你的牙齿早已掉光了

你说家就在远方

你说很喜欢这个穿红裙子的小女孩

你说很久很久以前你家里

你远方的家里也有一个喜欢穿红裙子的小女孩

（六）

穿越了两个世纪

很多事情你都忘记了

你穿越了村庄和城市来到遥远的南方

可家一直在心灵最深处

你说你要回家了

是的，你要回家了

家里穿红裙子的小女孩已经长大了

你再也抱不动她了

你陷入了沉思

复杂在心头汹涌

你拼命吸着烟头

你用嘴把世界笼罩在过往的网中

（七）

去年枯黄的树叶随风落下

它苦苦等待整个冬天

才等来这渲染悲伤的一刻

这就是它此生唯一的凤愿

事

（八）

小女孩跟着父亲去了游乐场

所有诱惑都在原地张牙舞爪

你一直在微笑

你不需要给这个世界微笑

——2018 年 1 月 22 日

11：05 于广州

后记：一位 1932 年出生的老人在小区楼下
乞讨。他之前一直在楼下帮人磨刀赚点生活费。
轩墨说爷爷很可怜，想帮助他。原来老人借钱
买了 2 月 8 日回老家的车票，已身无分文，需
要 300 元钱还买票借的钱。我问他路上总共需
要多少钱才能解决他的问题。他说，300 元就可
以了。我给了他 1500 元，希望能让他安心回家。
可能这是我们这辈子最后一次相见了，希望他
健康长寿。

十五、先知

你把父亲的尸体
葬在自己的头顶
斑驳陆离的光圈
像一个无法摆脱的魔咒
你思念光但不思念父亲
尘世的情愫形同虚设
你从未感到任何愧疚

你种在石头里的希望
并不是世人的希望
你总是认为：是光
生下了你，而不是你的母亲
你眼中的父亲如同一棵榕树
虽高大，却平庸

你藏在云层里的秘密

被闪电击穿，那些无所畏惧的
元素，像你杂乱无章却伟大的
理念。是谁将你定义？
又是谁将你刻在历史伟大的丰碑上？

先知

像个疯子一样活着！
当大地的裂缝张开血盆大口时
你看到过往的记忆正在吞噬你

先知

像个白痴一样活着！
到现在为止，你并不知道
自己是谁？是谁将先知的
光环扣在你短暂的人生里

可你早已将你父亲的尸体
葬在你自己的头顶

——2023 年 11 月 3 日
20：43 于广州

十六、光明

我听过光
砸在地上的声音
那个时候，黎明
刚刚苏醒，而我
只是一只
振翅飞翔的蝴蝶

那些光
和故事
只是我们生命中
短暂的过客而已
说什么好呢？
那就什么都
不要说了吧
我们爱过也恨过
如今还挂念的人

事

都可以从容面对

那束永不磨灭的烟火
至今还点亮我的人生
我曾希望自己成为光
但现在的我还不是光
　　我只是我
　　孤独的我
　　独特的我

这一天，推开窗
我突然闻到自然
和市井中的味道
而我认可的哲学
还在理论和生活
之中摇摆。我啊
不是佛，更不是
仙。我只是那个
把情义看得比命
还重要的人之一

木棉花和那些常年
开花的树，都是我的朋友
虽然我也经常在梦里唱歌
但我，还是那颗陷入泥潭
之中的星星。我永远都是
我。那个对世界认知存在
偏差的我。但我，深深地
爱着这个世界和身边的人

　　爱过，至今还爱着
　　活着，不简单活着
　　因为我们向阳而生
　　我们深深爱着当下
　　　　不惧当下
　　　　不畏将来
　　　　勇往直前
　　　　创造奇迹

——2023 年 7 月 22 日
23：22 于广州

事

十七、希望

爬山虎呲嘴獠牙

将那堵围墙占领

从树叶的缝隙中苏醒的光

被冰冷的石头感动

那些从森林中走过的人

到底怀揣什么目的？

他们的目的地

是不是大地的尽头？

没有人知道

那片森林是你的家

你是森林之王

也是孤独的魂

没有人知道你

也没人爱过你

甚至连森林里的

每一颗石头

都是你的孩子

每颗石头的心脏

都流着你的血液

你从不说话

也不见陌生人

你一辈子都活在

腐烂的落叶间

与菌类和蚯蚓为伍

在大地的心脏唱歌

那些腐烂的树叶

终于酝酿出

新的生命，和

新的希望

所以最近几年的你

将后半辈子的歌

都唱遍了

你又活过来了

事

在斑驳的光圈中

在叮咚的泉水里

在充满爱的土里

多好啊，你又

活过来了，你又

想起了我

多好啊，我又

燃起了，希望！

——2023 年 4 月 3 日

21：06 于广州

十八、平凡之躯

黑夜蒙住月亮的双眼

醒来已是冬季

我从一个城市

到另一个城市

见我想见的人

曾经互认的兄弟

似乎还算是朋友

我可以理解光

掉落在湖心

掉落在马路

掉落在丛林斑驳的絮叨中

但是我永不理解那些情感

如今都被你抛弃在光圈中

生活，像一幅永不凋零的画卷

事

每个零碎的元素都不足以形容
整个完整篇幅宣示的骄傲
我在这个世界活了很多年
认识很多很多人，但如今
我还是把情感摆在第一位
我爱过！如今还深深爱着
这纷繁却不近人情的社会

我曾经在所有人面前炫耀过你
如今我尝试避开所有人规劝你
谈人性说利害关系讲兄弟感情
但你给到我的陌生感愈发强烈

没有人可以独善其身
没有人可以一直荣耀
你认为所有的爱都不存在了
我告诉你所有的爱都在那里
一动不动！
只是你认为现在你不需要了
我告诉你，不是你不需要了
你需要，你身边的人都需要

是你变了，变得我不认识了

那么，让时间来证明吧！
时间可以证明一切
这些道理
你终有一天应该会懂
我们生而平凡
却在这个纷繁的世界
奋勇前进，奔赴光明

舍弃光，避开黑夜
让星星坠落在我们自己的
泥潭中。我相信
不管是在泥潭还是在乌云中的
星星，都会绽放出耀眼的光芒

我深爱这世界
也深爱着你们
我们出身平凡
我们不甘平凡
但我们不能辜负自己的青春

事

和奋斗。把所有的爱和激情

都投入平凡的工作中去吧

爱自己爱家人爱工作

爱所有爱我们的人吧!

今晚下起了小雨

我在熟悉又陌生的城

孤零零地走在路上

雨滴落在我头上和睫毛间

渐渐淋湿我的脸庞

我感到无尽的忧伤

和失落。我曾经爱过那么多人

如今我却找不到一个我爱的人

或者一个可以互相倾诉的人

我们都生而平凡

为什么不找个理由

跟这个世界和解呢?

为什么不找个理由

跟自己和解呢?

我真爱过

如今还爱着

那些我曾经

以为不需要的爱

都在生根发芽

平凡之躯

像极尘埃

但爱无限

我还深爱

这个纷繁的世界

我还深爱着你们

——2023 年 11 月 15 日

18：03 于广州

事

十九、你的七月

春天已经从你的心里经过。

如今夏天，也快要走了。

我曾经为你折来一枝开满鲜花的树枝。

你站在雨中看着我，泪流满面。

我忏悔：因为我是一颗星星。

我为我发过的光道歉。

站在开满鲜花的花园里，

我敞开心扉等待着：正在赶来的

那些该来的人和事，却都还在路上。

阳光照射在脸上，

没有丝毫的惊喜。

还有哪些人值得我花整个下午的时光

去等待。

我用自己的血，养活自己，也养活这些花。

你的冷酷如此温柔，我活了下来。

我把一颗星星镶入自己的额头，

于是我有了两颗心脏。

从此我不再惧怕白昼和黑夜，

不惧怕人世间任何耀眼的光。

从此我在自己的心脏恣意生长，

长成鹰，长成诗，长成更坚硬的星星。

你经常在我的星球编织雪白的网，

错综复杂也气势恢宏。

你经常在满月时分收网，

将你网罗的一切，都带走。

你能带走一切，却再也带不走我。

我的眼睛也长成了星星，

我的心脏也长成了星星。

我用血喂养的花园，也越长越大。

那一片天空下，你和我还是那般渺小。

是时候跟你和解了，

是时候跟自己和解了，

是时候跟这个世界和解了。

事

我相信总有一天：那些常年开花的树，

会越长越大，会撑破我们的天空。

那个时候，我们的影子就能够拥抱在一起了。

我并不喜欢七月，

七月我不会唱歌，

只能写诗。

——2022 年 7 月 7 日

15：48 于广州

二十、不要

不要试图叫醒一片树叶
清晨的雨
湿漉漉的城市
被昨夜的光笼上一层忧伤

黑夜应该是上帝
思考时遗忘的手指
天亮了便消失了
并没有在空中画一个圈

当绝望的心长成石头的模样
并不断生长，不断死去又复活
那个时候我们必须清楚：
希望已诞生！
再小的希望都是一个奇迹
都是一股注入生命的源泉
我们在一个故事中创造剧情

事

却不是为了讲述故事

因为故事的最后，我们的血液

我们的骨头我们所在乎的一切

都会沉入浩瀚的宇宙变成一粒沙子

变成一阵风抑或另一个人的牙齿

去亲吻自己

我们微笑

或痛哭的样子

就是世界本来的样子

山在移动

海在干涸

而树，长出了翅膀

狮子变成了花

风赦免了马

嘘……

不要诧异，要习惯

习惯透明的自己

——2021 年 11 月 23 日

07：09 于广州

二十一、疑问

别问了

没结果

所有答案

藏在昨天

真假

经不起

考验

爱恨

不过是

下个轮回

心心念念的

是别人的梦

日思夜想的

是别人的人

事

即使有答案

又怎样?

该走的

都走了

该来的

都不来

一壶浊酒

一杯热茶

一个故事

一段往事

一个人

一首诗

一个

悲剧

黑夜

比黑眼圈更黑

暴雨

比心底的风暴

更疯

没有谅解

没有关怀

没有明天

在更深的夜

摘下星辰

和自己一起

下葬

——2021 年 6 月 1 日

21：29 于广州

二十二、失控

日升月落

时光荏苒

在一场邂逅中

捡起回忆

那些从我生命中走丢的人

又短暂回到身边

像一场可有可无的梦

像一道虚拟的光

那些快乐或悲伤的往事

都成为酒局中的笑谈

四十岁的男人，似乎

并不渴望

也不再相信友情和爱

在虚假的欢愉中忘掉痛

将烈酒灌入伤痕累累的胃

将自己灌醉

很多人醉了就胡言乱语
醉了才会将心底的思念和爱表达出来
可这样，会失去爱和信任
如今我，终于变成那个
自己最讨厌的人

追光者眼中再无光芒
与这个热烈的世界
格格不入
失控，是真实的生活
也是最后的倔强
我可能永远都不能
讲出心底的秘密
因为心
已被囚禁

——2021 年 5 月 28 日
19：16 于广州

事

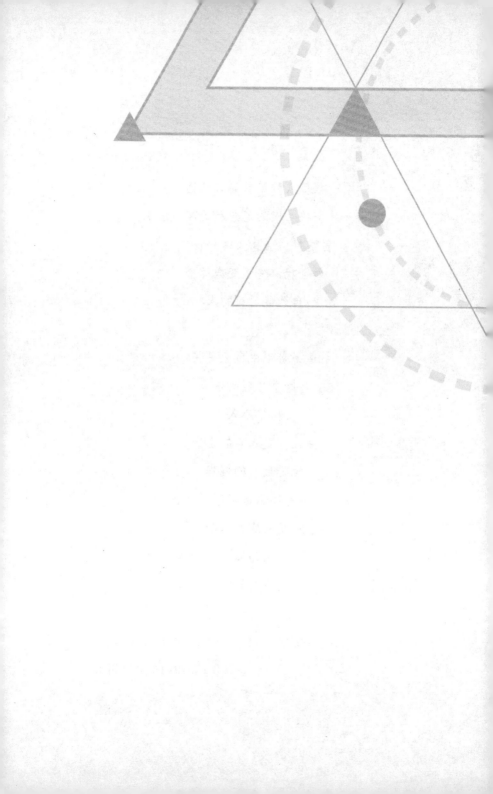

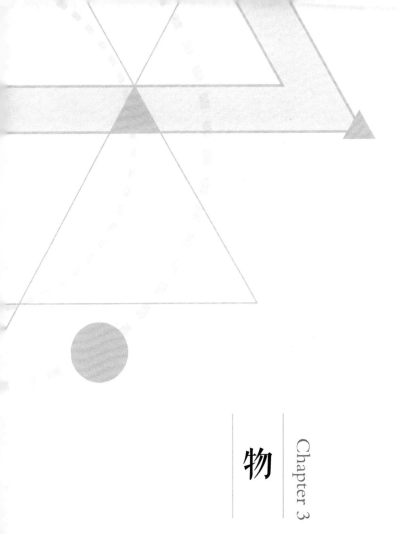

物

Chapter 3

一、暗香

那些花

是你种下的咒语

夏雨又落在庭院

芬芳和雨水

并不是你要讲的故事

远方和群山

总站在那里

我从不同角度

看到不同的光

你的轮廓

曾给我

无尽的念想[①]

你的笑

杀死了初恋

---

① 念想：粤方言，表示惦记、想念。

物

我并不喜欢黑夜

可就在昨夜

那些花儿——

都开了

像一场盛宴

那些花儿

被编成皇冠

戴在我头上

可去年

我刚刚剪掉长发

咒语扣在我脸颊

越来越紧

我并不是一颗星星

会沉迷于某种花香

我并不喜欢黑夜

可黑夜——

每天都准时

将我吞噬

那些花儿

是你种下的咒语

那些黑暗

是你抛弃的忧伤

——2019 年 7 月 22 日

22: 30 于广州

物

二、蝶

红日西沉
躺在虎口的
樱花，像只
沧桑的蝶

斑斓的光
勾引成群的蝶
在晚霞中飞舞
在斑驳中坠落

飞翔
飞出前世的魔咒
飞进今生的陷阱
飞翔
然后坠落
坠落江河

沉入黑夜

当黎明苏醒

沧桑的蝶躺在

露水唇边，轻轻微笑

昨天发生的故事

还在发生

——2019 年 3 月 23 日

22: 45 于广州

物

三、街灯

在黑夜，亮起的灯

是诗人，闭上的眼

注视着黑夜，凝视着

游荡的

灵魂

直到第一缕晨曦

杀死黑夜

诗人才睁开眼

看看尘世的繁花

——2019 年 3 月 11 日

19：52 于广州

四、鹅卵石

（一）

鹅卵石就像被抛弃的肾脏

在蔷薇和紫罗兰胸口哭泣

脚指头塞满它狂妄的口腔

哽咽声融入酸臭的空气里

（二）

秋雨绵绵下了几天

远行人去了远方捕捉阳光

临行前他偷偷带上一块鹅卵石

一并带走的还有它在这个城市的秘密

许多不能诉说的秘密

物

（三）

陌生城市

阳光明媚

鹅卵石被平放窗几

几缕午后的阳光照在鹅卵石的脸上

那是它第一次感觉到被曝光的羞涩

阳光照在它的脸上

它感觉到了一个全新的世界

没有脚指头酸臭味的新世界

那也是它第一次流下滚烫的热泪

热泪被阳光的热量煮沸

软化了它坚硬冷漠的心

（四）

它开始变得柔软

它开始变得忧伤

它变得多愁善感

它好像爱上了这个全新的世界

但它不知道这是一件非常危险的事情
它在情感泥潭中越陷越深却浑然不知

哦
它是多愁善感的鹅卵石
哦
它是渴望情爱的鹅卵石

（五）

从此以后它安静坐在窗几的红唇上
静看尘世间的繁华落尽和风花雪月
它静静地静静地看着这全新的世界

那些时日好像所有纷繁复杂都无法打破它的幻想
直到远行人离开这座城市去了另一座陌生的城市

物

那天开始又下起淅淅沥沥的小雨
雨水滴落在旧窗几冰冷的睫毛上

阳光的热烈早已死去
在它发现之前死去了

可热烈的痕迹还在它的心上
它被阳光灼伤的心还在滴血

醒来才感觉到痛
撕心裂肺的疼痛

（六）

鹅卵石没有腿
它忘记了它

鹅卵石没有翅膀
它抛弃了它

日复一日

它在自认为热爱的城市

重新变得绝望变得坚硬

像当初被抛弃的痛刺穿它骨头直入骨髓

（七）

它醒了

还是一颗不能动弹的坚硬的鹅卵石

它的眼睛和心一样冷

——2018 年 8 月 30 日

18：16 于广州

物

五、蓝凤凰

（一）

我一个箭步

抓住你爪子

你说轻点啊

疼

你面带笑容

对抓捕表示欢迎

你掸净身上的尘土

你展开尾部长长的羽毛

你为这邂逅创造了很多机会

我被你奇怪的冷静打动

在惊讶的同时一筹莫展

（二）

我松开手

给你自由

时间刚好

你说刚好

刚好在这天等到我

（三）

你并没有离开

用锋利的爪子

插进我的肩膀

你站在我肩膀上

尾部长长的羽毛

成了我新的皇冠

从那一刻起

你给了我无尽的虚荣

物

从那一刻起

你说你再也不离开了

（四）

我是肩膀上骑着蓝凤凰的男子

我喜欢在夜色中蒙上眼睛潜行

蓝凤凰是我的眼睛

你是倔强的蓝凤凰

（五）

我们沿着一条陌生的路一直走

路途中遇见很多故人

我们并未上前打招呼

你跟我说

不要去打扰别人的生活

逝去的就让它逝去

每一个结局都值得尊重

我们在黑夜中潜行

你的翅膀成了我的

我的忧伤成了你的

你成了一只忧伤的蓝凤凰

（六）

你是忧伤的蓝凤凰

从此以后你总问我

未来有多远

未来有多好

你开始憧憬美好

你开始期盼未来

你单纯的心开始变得复杂

你脸上的笑容越来越少了

你成了当年那个我

物

你是忧伤的蓝凤凰

（七）

很多憧憬无法实现
在到达黑夜的心脏时
你拔出插进我肩膀的爪子
你说为之前的天真抱歉

你说这是刚好等到我之后
多年来的第一次痛哭流涕

天真让你变得复杂
复杂让我钟爱天真

（八）

你尾部长长的羽毛长成屏风的模样
你长期拥抱我的翅膀松开时已钙化

当初幸福的一切

如今已成为毒瘤

当初憧憬的一切

如今已成为笑话

你已经无法飞翔

你无法回到当初的模样

可你说并不后悔

（九）

没有道别

没有珍重

没有再见

我们背上自己的心

朝自己想要的方向

走去

青春在这场远行中逝去

爱恨在逝去中逐渐清晰

物

在不断的失去中找到了自己真正想要的是什么

你的背影越来越远
你是陌生的蓝凤凰

（十）

多年以后
我回到当初邂逅的地方
你深浅不一的痕迹还在

这么多年
不曾相见
你还好吗

蓝凤凰
你好吗

——2018 年 6 月 5 日
03：51 于广州

六、龙猫

宽叶榕在三月死去活来
翠嫩的小牙尖挤破苍穹

复杂的枝丫在黑夜中像破碎的网
近处灯光和天涯的星辰无处安放

一群被黑夜喂养的喜鹊染上黑色的羽毛
它们栖息在黑暗中孤独且忧伤的枝丫上
一只流浪猫感应到了它们微弱的呼吸声
那正是它们上辈子相依为命的唯一证据

崎岖的山路将世界和思念温柔地割裂开来
我在这躁动的春晚迷失在蜿蜒离奇的山路上

在一颗星星愁苦皱纹的最深处我遇见了那只龙猫
那只饥饿的流离失所的有华南虎般漂亮眼睛的猫

物

我蹲下来用粗糙的双手温柔地抚摸着龙猫的额头
从此以后我几乎每天都期待这奇妙的相逢和抚摸

被铁架举起的路灯发出昏黄色的灯光
紫荆花紫红色的花瓣坠落在玫瑰园里
所有的际遇都是上苍无意间安排的缘
而我等待的那个人那段时光何时可掇

迎春花沁人心脾的芬芳穿透黑夜中黑色的魔鬼
轻柔的晚风轻轻地轻轻地将我深邃的忧伤吹散

山顶的连廊杂草丛生
我又看到远处的光明
我又想起曾经的故事

我静静看着远方看着光明
今夜我不准备跟龙猫告别
今夜我并不带走一片云彩

我只想安静地在山顶的枯木上坐着
看城市的熙熙攘攘和内心起起落落

茉莉花的香刻骨铭心

我突然怀念那些味道

——2018 年 3 月 12 日

20: 33 于广州

七、牵牛花

（一）

江水退尽

岩上的水仙萎靡不振

周遭尽是鱼虾的尸体

它们到底死于怎样的意外

阳光照耀腐烂的鱼

折射出冷漠的光芒

（二）

两只翠鸟站在铁丝网上打盹

死气沉沉的河床散发着恶臭

远处那只白鹭在低空飞翔

白色的翅膀和白色的阳光

翩翩起舞

（三）

那些常年都在盛开的花朵

渲染着这寒冷耗尽的冬日

刚刚苏醒的静谧抚慰着不断茁壮的忧伤和思念

铁蝴蝶在枫树林里飞翔

而你还留在梦的另一边

（四）

这只是个简单的早晨

你在自己的世界徘徊

外面的风景与你无关

（五）

你没有看到远处的我正随枫树林里的

铁蝴蝶翩翩起舞

所有的风景都在等待我开口说思念

说永恒的那一瞬间

物

你没有看到远处的我

你甚至忘记了曾经深爱过你的我

你总在白云底下聆听花开的声音

可你并没有看到躲在牵牛花心脏的我

我就是多年前在你窗前枯萎却一直在绽放的

牵牛花

（六）

起风了

风将阳光的眼睛吹灭

那些死鱼的嘴唇就是黑夜的灯笼

但他们并不能照亮远方的你和眼前的路

你再也没有想起我

你只是把我刻在了心里

——2018 年 2 月 1 日

11：18 于广州

八、流浪猫

从湿漉漉的草丛
到漆黑如镜的夜
再窜入被冷光照亮的车库
在水泥地和车顶印下足迹

长着豹子花纹和尖牙的猫
和一群老鼠在光圈中打闹
一只老鼠意外抓破猫的脸
几滴鲜红的血不知所措地
滴落在老鼠惊悚的瞳孔里
诧异的猫从充血的瞳孔里
第一次看清自己的模样
原来自己身上长满了刺
原来自己和老鼠不一样
用猫粮刻在额头的王字
像一个历久弥新的笑话

物

173

它羞愧难当
从短暂的光中跃入黑夜
从一群它认为的朋友中
重回自己的世界——
只有黑暗和孤独的世界
它不需要光和快乐
它不需要爱和友情
它只是一只流浪猫
不吃老鼠的流浪猫

——2023 年 2 月 13 日

22: 50 于广州

九、凤尾蝶

在花丛中看到你

像鲜花一样绚丽

那些常年开花的树

并不是你的家

从未谋面

却

刻骨铭心

那些过往的岁月

暗淡无光

你振翅飞翔

像一个天使

也像一个

魔鬼

物

凤尾蝶

在光的阴影中

在夜的眉心里

在我的诗歌里

翩翩起舞

——2022 年 6 月 28 日

20：06 于广州

十、蔷薇

多好啊
你终于忘了
忘了开花
也不抱怨
你以为自己
就是一束光
照耀着大地

多好啊
每天都下雨
你从不缺席
很多人抱怨
说雨太多
太大
影响工作
你说：多好啊

物

雨水充沛

每天都可以开花

对！

花开完，你就忘了

所以蔷薇

并不经常开花

所有的花都谢了

你才苏醒

醒了

你睡在梦的另一边

滴滴答答

反反复复

都是人生

花开了

蔷薇说

不是我

开的！

——2022 年 6 月 17 日

20：23 于广州

十一、寻

小时候

我看见一只，蓝色的蜗牛

在光的背影中，分娩出

羸弱的希望

那个平凡的午后

每一片掉落的树叶，都夹着

光

我是追着光长大的孩子

那只蓝色的蜗牛

爬去了哪里，并不重要

而光，一直将我照耀

阳光、月光、目光

抑或时光

光

带走了以前太多现在太少的

物

时光

如今

小时候的村庄还在

熟悉的人越来越少

搬走的、死去的

那些长大的孩子

都是陌生人

每一只爬在路上的蜗牛

都是白色的

也是陌生的

我在追光的路上停下来

在光的缝隙中看见陌生的自己

时间越来越少

而世界

从不妥协

我把血

注入光中

——2021 年 5 月 8 日

21：45 于广州

十二、桂花

绽放时已是冬

清香飞扬

黄色的蕊

是季节苏醒的心

你在一个没有雪的城市

燃尽自己

到底为了谁?

——2016 年 11 月 9 日

22：18 于广州

物

十三、繁星

倔强的雨拍打阳光的唇。

刚复活的尘埃又被淹死。

那些离开的人中有一些变成种子，

深埋在我心里。

一场春雨抑或一夜秋寒，

都能唤醒沉睡的灵魂。

我是在午后一条陌生街道拐角的细叶榕下，

遇见多年前的我。

我们相视一笑。我看着自己越走越远。

我在夕阳的暮光里将过往的时光掩埋。

我沿着青石板铺就的小路一直走着，

一直走。

走过繁华落尽的城市，走过炊烟袅袅的村庄，

一直走。

跨过冷冽清澈的溪流，扎进寂静深远的森林，

一直走。

所有的事物都烙有我的痕迹。

我跟我的影子将影子和我雕刻在繁星的指尖上。

这样，那些偶尔将我思念的人抬头就能看见我。

我的手指越长越长。

我的头发越长越长。

我的笑容越来越少。

我心灵深处苏醒的种子刺破我心脏。

正好，

血是最好的肥料。

那些离开的人是要开花的人。

种子长成了人世间各种花朵。

——2018 年 5 月 3 日

17∶15 于广州

物

十四、异木棉

站在风里

浑身是刺

像倒放的酒瓶

像刺猬

像锋芒毕露的少年

从冬天到春天

你一直在开花

繁花落尽

你生下风

生下雨

生下云

生下棉花

你一直站在那里

公园

花基

森林

钢筋水泥

你一直站在那里

看人来人往

看世事无常

——2021 年 4 月 30 日

00：05 于广州

物

十五、灰色的月亮

月亮和太阳同时出现在天空的时候，

我在这个城市游荡，落寞又漫无目的。

粼粼江水折射出黄昏最后一缕光，

所有的眼睛坠落江底。黑暗生下了黑暗，

一个崭新的世界正吞噬着时光，留下许多遗憾。

城市的风温和地吹着，将黑暗吹得更深。

我闻到熟悉的味道。分离的思绪浓烈。

忘记或铭记都是记忆。那些痛苦和快乐终将消逝。

一个故事结束也是另一个故事开始。

一个人离开看见另一个人哭泣。

我们总是在绝望时才给自己更多可能，

我们总是在怨恨时将那些美好抛弃。

选择一些人一些事，只是那一瞬间的选择。

既然无法掌控结局，就不要将海誓山盟挂在嘴边。

给自己也给别人更多可能更多选择更多美好。

往事如烟，烟如曼妙的轻纱。

蔓延，烟如思念，悠远。

我总在相同时间做同样的梦。

在一个没有边际的原野，只有灰色。天空是灰
色的，大地是灰色的。太阳是灰色的，月亮是
灰色的，花草树木是灰色的，头发是灰色的，

眼睛是灰色的，

我的血液也是灰色的。

灰色的河流流向灰色的天空，

从此再也分不清天地，

从此再也找不到我，找不到你。

所有的痕迹都被隐匿。

风再也不吹来你的味道，

风再也不吹来你的消息。

于是我很焦急，灰色的汗如雨般倾泻。

我满世界找你。我跑呀跑，跑呀跑。我跑呀跑，

跑呀跑。我跑呀跑，跑呀跑。

我一直在恐惧中奔跑。朝着四面八方，

我以为这样就能找到你。

这样的日子重复了很久，直到我忘了你。

第一片雪花落在眉宇间。

我又一次感觉到了冷，又一次感觉到了轻盈。

物

这种感觉很美妙。

我卸下盔甲，卸下那柄锈迹斑斑的铁剑，

那个曾经锈迹斑斑的故事已斑驳。

我雪白的长发如雪般飞扬，瞬间装束了世界。

你躲在地狱，将我的长发剪下。

你趁着深夜将我的长发织成竖琴，

如雪般的竖琴。

你弹奏着如雪般的竖琴。

冷冷的音符飘零，冷冷的音符冷。

寒冷将我的温暖唤醒。

我看到你住在我心里。

原来你一直都在那里，从未离开。

原来我也一直在那里，从未离开。

将诗歌刺在你嘴唇，

将诗歌刻在我心里。

太阳和月亮同时出现在天空。

我看见了第二个月亮，

如此美丽。

——2017 年 1 月 9 日

23：19 于广州

Chapter 4

梦

一、你和神

（一）

黑夜的伤口被梦撕开。

繁星像一把利剑，刺入夜的心脏。

远方的水，便从流浪猫的眼中流出。

汇聚成河，将猫淹死。

从此以后，黑夜的鼻孔便开了一道口，

射出黯淡的蓝色的光斑。

那是死亡的夜的灵魂出窍的证据。

淡蓝色的光，将世界染成黑色。

黑色的风和黑色的灵魂在黑夜中摩擦，

烧焦的肉体上绽放着不祥之花。

（二）

旧四合院墙头的花，还在绽放。

青石板上还铺着没讲完的故事。

梦

多年前被你握在手里的死亡，

还没死去。

虚掩的门，再无人推开。

阳光将它的微笑，

深深刻在门把手上，

就像当初你刻下初恋誓言的样子。

黑夜的伤口被梦撕开，如今光

又撕开梦的伤口，

你像个陌生人一样走来，

走进流血的梦中。

（三）

四合院的天井，

灌满将猫淹死

的水。

猫的两只眼睛一直活着。

盯着夜色和光斑。

这天，它终于看见

你小心翼翼推开被光诅咒过的门。

咯吱一声。

你便坠落在尘世的纷繁中。

与你一同坠落的还有个讲故事的人。

互不相识。

他感受不到你的存在。

你看着他，

像陌生人，又像

极熟悉的人。

（四）

讲故事的人，喃喃自语。像个疯子，

又像是圣殿里的神。他说：

妻子怀孕了。很开心。

妻子已经生了十个孩子了。

而刚怀上的这个孩子，是他的。

第十一个孩子是他的。

他傻傻地笑着，鼻涕

像浆糊一样糊满了他的山羊胡。

他说：生活有奔头了。

神明终于将幸福的种子，

深埋在他妻子的子宫深处。

梦

他每天醒来，都要亲吻

妻子冰冷的墓碑。

他时常用酒精或尿液，

浇灌妻子墓碑的根基。

他期待自己的孩子和墓碑一起长高。

孩子长大了，

他就可以，

理直气壮地死去了。

死去了，他就可以永远和妻子躺在一起，

一起感受被黑色月光冰冻的墓地到底有多冷了。

（五）

被远方的水淹死的猫

又流下眼泪。

它和你听过的秘密，以及

你们内心深处从未流露的秘密，都

握手言和。

你在冰冷的院子里坐着，

却没有身体。

在阳光下，你将脸埋进光里。

光，将脸埋进夜里。

那个讲故事的人消失了，

你看见，

冰冷的墓碑上多了一个名字：

在圣殿里疯掉的神。

（六）

而你

就是刻在墓碑上的名字。

在阳光的照耀下，金光闪闪；

在黑夜的渲染下，无尽悲伤。

青石板上没有讲完的故事，

又多了一些章节。

而墙头的花，

再无人在意它的芬芳。

——2020 年 3 月 4 日

00：22 于广州

梦

二、黑暗骑士

（一）

黑夜眼角流下喧嚣
是回忆打翻了香炉

一壶老酒被红烛照亮
你抚摸过的留恋还在

倾斜的华光与黑夜相拥
所有秘密淹没在口水中

（二）

你经常在夜里不眠不休
用忧伤喂养饥饿的黑暗
你黑色的乳汁肆意流淌

（三）

你不是一个快乐的人

你喜欢黑夜

你喜欢在黑夜出发

你喜欢一切黑色的东西

你什么都看不见

你是个瞎子

不会唱歌的瞎子

（四）

你把自己关在指甲缝里

因为那是月光苏醒的地方

你儿时有过的短暂的光明就在那条缝隙中死去了

你是个不会唱歌的瞎子

所以你从不表达自己的情绪

梦

你不知道这个世界还剩多少美好和邪恶
所以你从不隐藏自己的倔强

（五）

你是在一个黄昏离去
你并不知道黄昏是什么样子

你按自己的想象去梦想未来的生活
其实你只想认真讲完那个有些许悲伤的故事

你渴望被倾听
你渴望被忘却

你希望所有的人忘掉你
就像你从来没有在这个世界出现过

你
总是如此复杂

（六）

黑夜的眼角流下的是你

那个香炉也是被你打翻

你喝尽了所有的老酒

你吞下了燃烧的红烛

你的口水和你黑色的乳汁拥抱在一起

月光苏醒的地方有你两只失明的眼睛在闪闪发光

你并没有深邃的惊讶

你只是简单地笑了笑

你冷静地看着这个复杂的世界

（七）

黑夜里有很多东西醒来

另一种光明在内心闪耀

梦

（八）

你的红唇比朝霞更热烈

你深爱这被鲜血染红的黑暗

——2018 年 1 月 26 日

22：47 于广州

三、新梦

这是一个

值得记忆的日子

我在梦中

做了一个梦

梦的序幕写道:

开始和结束,

都理所当然

我从繁华的城

坠入湿漉漉的山野

一条长长的溪

一垄肥沃的田

陌生又熟悉

我一直在走

一直在找

没人知道

梦

在找什么

浓雾

像垂下的天幕

将时空禁锢

人世

像混沌初开的样子

一个结束吞下了开始

我在惶恐中爬上

一个水库的堤岸

翠绿的水灌满水库

满满的

快要溢出来，或者说

快要将堤岸击垮

山、山上的树

即将愤怒的水

堤岸的芦苇

长满倒刺的花

泥浆，死在泥浆里的

红头蚂蚁

天空中

飞翔的鹰越来越多

下雨了

越下越大

我站在一棵松树的肩膀

拿起镜子照自己——

黑皮鞋修身长裤

立领浅蓝色速干T恤

油光锃亮的头发

哦，原来，一切都与这个世界

格格不入

羞耻将我击落

落在荆棘里

碎石砸在我脸上

留下深深浅浅的痕迹

跌下来

没有嘘声

爬起来

没有掌声

开始和结束

梦

都理所当然

雨越下越大

要将目所能及的一切

吞噬

鹰

在头顶盘旋

向我传达神秘

指令：奔跑！

朝熟悉的方向

奔跑！

甩开膀子

在暴雨中奔跑

皮鞋跟带起的泥泞

在银色的雨帘中

画出一道美丽的彩虹

奔跑

在暴雨中奔跑

无忧无虑

像个孩子

大燕姐和春芳娘

被我甩在身后

大燕银铃般的笑将时空割裂：

阿聪，你在暴雨中跑步回家

是不是为了写诗的灵感啊？

我愣了一下，才懂：

我不停奔跑的方向

不断地寻找的东西

是家！

——2021 年 6 月 2 日

04：18 于广州

（这是一个半醉半醒的梦，一个无与伦比的梦！）

梦

四、被亲吻过的杜鹃花

（一）

被风咬烂的六月很奇怪。

庭院里所有树木的枝丫都被砍断，

本属于这个季节的阴凉被无情掠夺。

母亲每天牵着小狗从这些树下经过，

斑驳的光影在水泥路面投下可疑的诗句。

很多人不经意走进光圈里又逃了出来。

似乎没有任何不适应。

在这个夏天能够轻易用文字描述的故事不值一提。

（二）

你在梦中感觉到了某颗牙齿的松动，

于是你小心翼翼地用手指拨了拨，

结果所有牙齿像多米诺骨牌一样脱落了。

你把那些血淋淋的牙齿捧在掌心，

像个快要死去的人一般绝望。

你头顶千百个月亮：只存在于你的世界里的月亮，

你独自养活的月亮

将冰冷的华光打在你掌心每一颗牙齿上，

折射出一种淡蓝色的光芒。

也像是一种冷漠的回应：回应你的绝望和

这个世界的冷酷无情。

（三）

千百万年后你成了屹立在荒野的石像

掌心的牙齿开始发芽，长成一棵棵树，

长成一片片森林。

而你，又生下苔藓和杂草。

你的左眼开出一朵白色的花。

在这之前你从不会区分颜色，也不知道黑白。

你不知道自己的眼睛

有一天也能开出花朵。风从地上卷来，

将白色的花吹向遥远的天空

吹向你心心念念的北方。脚下是生活，

头顶的梦想。

梦

没有人知道：你还活着。

你还活着却从不被人知晓，

你还活着却从不思念谁。

你是作为一尊石像在活着。

活在这个世界无人涉足的角落，

活在这个世界被所有人放弃的地方。

你在这里用自己的牙齿种下了

整片的森林、养活了鸟雀、繁衍了蛇蚁鼠虫。

你甚至在自己的胸膛种下了一望无际的杜鹃花。

如果让我来掌控世界，你在梦中对自己说：

如果让我来掌控世界

我会爱这个世界上的每一个人。

我会把我所有的爱等份再去分配给每一个人。

你总是在梦中渴望成为救世主，

渴望成为这个世界唯一的神。

可如今，你只是一尊被囚禁在某个角落里的石像，

虽然左眼开出了花，

虽然胸膛种满了杜鹃花。

（四）

你总是在黑夜醒来，在白天睡去。颠倒乾坤。

你的母亲不知道如何照顾你的饮食起居。

于是你把你的母亲挂在某一棵树上，

用月光做了一个笼子

用风信子做了帷幕，用杜鹃花做成一日三餐。

你开始用杜鹃花喂养你的母亲。

如同你用诗歌喂养你自己。

很多年后你母亲在月光做的笼子中也长成了石像。

拜你所赐！

（五）

有一天，你的森林对风下了禁令。

你不允许任何一缕风吹过你的森林。

因为你要迎娶你独自养活的

千百个月亮当中那个最喜欢哭泣的月亮。

从什么时候开始，你喜欢上了哭泣的声音？

是因为你常常在梦中偷偷哭泣的吗？

还是因为你明白了那个道理：

梦

你本来就一无所有？

其他的月亮对你这种行为嗤之以鼻

你眼中所谓的美好是它们眼中的丑陋。

可你总是一意孤行。你只爱你自己。

那个喜欢哭泣的月亮就是另一个你，

另一个不可告人的秘密。

当那个月亮知道了你的决定，

不等你迎娶它就越过窗台

义无反顾地跳入了人间，

一头扎进了深不见底的泥潭，

从此销声匿迹。

你最后的梦想都破灭了。

你永远地失去了另一个你，

另一个帮你藏匿秘密的你。

要不是你左眼开满了白色的花，

肯定会流下伤心的眼泪。

其他的月亮都笑了，

它们又纷纷燃起了新的希望。

（六）

你低下头颅，

深情地亲吻了胸膛上一株红色的杜鹃花。

——2024 年 6 月 29 日

16：40 于广州

梦

五、意义

雾霾像巨大的网，

将城市吞没。

那些在自己的故事中

被自己杀死的人，

正被自己的影子嘲笑。

在这个午后，

我从另一个维度降临人间，

坠落在一条江河的胸膛。

江鱼的眼睛闪闪发光，将河底照亮。

所有的秘密也闪闪发光。

我被远古的召唤唤醒，

在江底的心脏醒来却不知自己是谁。

前世还是今生？

我到底在哪里把自己弄丢了？

我的影子拽着我，在河底飞翔，
飞向江鱼的眼睛照不到的地方。
脑子深处恐惧丛生。哦，我是
那个害怕自己影子的人。那么我
应该是前世那颗坠落泥潭的星星。
是啊，我就是那颗
在泥潭中挣扎着生下黑夜和诗歌的星星。
我生下了世间的一切，
却生不下爱。

在日落前等黎明，
在黎明前等黑夜。
黑夜是星星的灵魂，
黎明却是我的眼睛。
谁能告诉我：
我是谁？

——2021 年 1 月 16 日
15：21 于广州

梦

六、诡异的梦

（一）

阴沉的街角，

你飞过一棵开满木棉花的树。

不知往左拐了多少个弯，

才将飞翔的车停好。

下车，你叼着烟，

左手抱一个男孩，

嗷嗷待哺。

右手拉着一个稍大点的女孩，

面若桃花。

蒙蒙细雨从灰蒙蒙的天上

飘下来，

闪着羸弱的光，

落在脸上，

落在潮湿的路上，

潜入缥缈的阴沉中。

（二）

是深夜，

又好像是黄昏。

时间的概念，

在黑夜中愈发模糊。

黑暗，

根本没有边界。

你朝着远方走，

带着孩子一直走。

终于，

在一座小房子门口

停下来。

那个人应该等了你很久，

她接过孩子后，

你转身离开。

你和孩子们没有道别，

就离开了。

梦

（三）

压在你胸口的任务，

比黑夜中的巨石还重。

你朝着来时的方向

奔跑。

奔跑，

一直跑。

你迷失在深深的黑夜中，

找不到车，

也找不到那座房子

找不到孩子，

也找不到你丢弃的眼珠。

在错综复杂的大街上，

在古老破旧的牢房里，

在到处都是

一模一样的房子旁，

疯狂地奔跑。

（四）

当你清醒时，

发现自己在

两座房子中间的悬崖上。

这奇特的悬崖一眼望不到底，

却绵延着红色的高跟鞋。

高跟鞋的鞋钉，

顺着瀑布飞泻的方向，

钉在悬崖的峭壁上。

你在悬崖的最顶端，

身后即是悬崖。

你惊恐万分，

汗如雨下。

雨越下越大，

溅起的水雾将你吞没。

你是否能够，

你何时能够，

安全到达悬崖的底部？

悬崖的底部会不会是

更深的悬崖？

梦

（五）

几百年过去了，

也许更久。

我进入一个奇怪的梦境：

悬在半空的悬崖，

我趴在一块巨石上，

战战兢兢。

垂下眼，

却发现一道微弱的光

从湿漉漉的青苔覆盖的石缝中射出，

打在我绝望的脸上。

我扒开青苔，

映入眼帘的

是座古老的教堂。

岁月将所有斑驳

都写成故事刻在石壁上。

放眼望去，

一群在不同时间死去的人

踩在一堆篝火中饮酒作乐。

没有下去的路，

横跨教堂顶部有两根黑色的巨大的绳子。

我小心翼翼地靠近绳子，

抓紧，滑过去。

绳索的尽头，

是一个黑色的院子，

并没有教堂。

我吸了一口

黑色的空气

便浑身无力，失去知觉。

（六）

我醒来，

一个熟悉却

叫不出名的女人

赤裸着躺在身边。

她左边的乳房文着我的名字，

右边的乳房文着我的诗歌。

紫色的紫荆花，

落满庭院，

也将她的心跳覆盖。

梦

我并不知她的名字，

却感觉一切是那么熟悉。

当第一缕光落在她的胸口的时候，

她便消失了。

庭院内没有留下任何她的痕迹。

我在梦中做了一个梦，

却被囚禁在另一个梦中，

虚虚实实。

就这样，

过了些年月。

我再也没有见过她。

（七）

之后的时日，

分不清是梦

还是人间。

直到所有的光，

都照射在那座教堂——

那座看了一眼就消失了的教堂

的时候，

一双隐形的手，

弄瞎了我的双眼。

我失明了，

变成了盲人。

人世间所有的光，

都照不进我失去眼球留下的深渊，

那是比悬崖更深的深渊。

我失眠了，

世界安静了。

在深渊般的黑暗中，

我终于可以

安静地

搂着她。

睡着了。

这种感觉真好！

真美妙！

（八）

一个被阳光照耀的黑夜，

梦

我终于做梦了。

我化身一只黑色的蝙蝠，

循着熟悉的味道，

飞越无尽的黑暗，

降落在那个庭院里。

我默默地站在那里，

紫荆花的花瓣，

一瓣瓣落下，

落在青砖上，

落在我深邃的眼眶里。

被芬芳填满的肉体，

散发着芬芳。

我安静地站在那里，

不期、不等。

因为我知道：

曾经的那个女人，

就在那里。

（九）

我挑逗她，

讥讽她，哄骗她。

她四处躲藏，

却不停流下眼泪：

黄色的眼泪、

蓝色的眼泪、

紫色的眼泪、

红色的眼泪。

当眼泪灌满庭院、

淹没我脖子的时候，

我终于抓到了她。

我又一次征服了她，

好像征服了全世界。

（十）

当一切结束，

她就被杀了。

那双隐形的手，

戳瞎我双眼的手，

夺走了她的生命。

那双手，

梦

是一个遁形的魔鬼

罪恶的双手。

这个魔鬼

一直在我身边，无影无踪。

而她，

是它囚禁的欲望。

我抱着她的尸体，

挣扎着翻越庭院的围墙。

手指的抓痕在青砖上，

划下仇恨。

（十一）

越过那堵墙，

我狠狠摔在地上，

好疼。

我歇斯底里地呼救、痛哭。

很多人

从四面八方跑过来，

朝我的方向跑过来。

阳光打在脸上，

我感觉到了温暖，

我又来到了人间。

我在梦中做了很多梦，

却还活着。

——2020 年 3 月 25 日

23：42 于广州

梦

七、旧梦

（一）

醒来

循着光

穿过长长的廊桥

黑暗编织的帷幕低垂

白玉兰墨绿的叶子在风中摇曳

发出咯吱咯吱的呻吟

（二）

坠落凡尘的星星在泥潭中挣扎

污浊的泥泞慢慢漫过它的身躯

皓月用皎洁的光照耀它的眼睛

它的眼泪融化了泥泞

穿过长长的廊桥

我掬起一汪清泉

倒入泥泞和泪中

坠落凡尘的星星在泥潭中唱着歌谣死去

（三）

我唱着歌

褪尽衣衫

潜入泥潭的心里

那是另一个神秘的世界

我来到一个广场的角落

看见一群星星在跳舞

看见年轻时候的自己

看见儿时丢弃的玩偶

看见死过两次的亲人

看见反目成仇的兄弟

看见各奔东西的初恋

看见我已经失去的将要失去的

没有人上前跟我打招呼

梦

（四）

我在这个熟悉又陌生的世界无所适从

这个世界到底发生了什么？

我到底在哪里？

我要干什么？

我到底是谁？

（五）

穿过长长的廊桥

却再也回不到家

我来到一个菜市场

地上摆满了卖鱼的盆

各样的鱼在盆里紧张地吐着气泡

远处夕阳的指尖缝隙处

有一个熟悉的影子在唱着熟悉的歌谣

伴着酒香

伴着回忆

伴着苦楚

过往的事像电影一样在脑海播放

到底是谁在光的影子中对我唱歌

到底是谁在这陌生的世界还将我牢牢铭记

（六）

我穿过长长的廊桥

朝你飞奔而去

你安静地站在那里

看着我安静地微笑

我朝你飞奔而去

你安静地站在那里

我离你越来越近

你的笑容越来越灿烂

你的样子越来越模糊

穿过长长的廊桥

穿过长长的黑暗

穿过长长的焦灼

梦

穿过长长的渴望
我已来到你面前

（七）

我伸出一只手
想摸摸你的嘴唇

我伸出一只手
还没碰到你
你却消散在风中
消散在黑夜的红唇边

我呆呆地待在那里
一动不动

我到底在哪里？
我是谁？
你是谁？

——2018 年 12 月 13 日

20：38 于广州

八、梦 J

（一）

黄昏后
你又遇见我
你是在等我

你拉起我的手
这是你第一次
拉起我的手

你说吃饭了么
没等我说话
你拉起我就走

你安排了月光
你安排了际遇
你安排了晚宴

梦

你安排了一切

这是你
首次拉我的手
我说过
我有自己的家

我说过
暗恋你
是我自己的事情
与爱和生活无关

你舀起一碗粥
说安静
请让我静静体会现在的心情

哪一份时光给我快乐？
哪一个人能帮我分忧？
哪一种爱能让我觉醒？

你在这个黄昏问了我很多问题

所有的问题我都无法解答
你拉我的手我却无所适从

我如此爱你却不能表达
我看着自己的冷漠冷却
我看着自己的激情冷却
我用虚伪拒绝你的一切

（二）

你用小拇指勾住我的心
你说春天的花都已开尽

你在此地等了我多年
你说爱恨并没有因果

爱就是爱
恨就是恨

你用尽所有的幸运来恩宠我

梦

你认定我是你独一无二的爱

我不公布答案
我也是局中人

（三）

很多人来
月色昏沉

我在霓虹中认不清你的脸
你勾住我的小拇指已松开
你在南面角落遇见了陌生
所有的不确定性正式开启

（四）

我醉后醒来发现你已离开
你给了我更多选择的空间

很多放弃都是因为内心决绝的爱

你的离开应该就是因为纯洁的爱

所有的猜想都是我偏执的臆测
所有的偏执都是因为内心的爱

我爱你

对不起

请你离开我

你说，请你离开我

（五）

突然

你消失了

无影无踪

被你勾伤的小拇指伤痕累累

你倔强的眼睛

像坠落的繁星

梦

坠落了

消亡了

爱做梦的人还能看见星星

（六）

去结账

老板说

都是棋子

你爱的人

爱你的人

爱就是更多地付出

所以你不需要付出

所以你要全部付出

因为你内心没有爱

（七）

爱我的人付出一切

我还在为爱找借口

我还在为爱伤自己

我在生活的无奈中辗转反侧

（八）

我忘了

你的模样

我忘了

你安排牵手的那个夜晚

我忘了

这世间

还有这么热烈的爱

还有这么热烈的爱

爱着我

——2018 年 5 月 24 日

22：06 于广州

梦

九、醉梦

（一）

暴雨

我撑着伞

你抱着儿子

雨沫顺着眉毛

滴落在儿子的头上

熟睡的他皱了皱眉头

到处都是人

我们在赶路

好像是要去很远的地方

赴一场约还是见一个人

车站里全是赶路的人

来去的方向水泄不通

我们焦急地望着人群
望着远处熙攘的车流

时间就要到了
我们乘坐的车就要开走了
可我们却被堵在路上寸步难行

（二）

时间到了
时间过了

我们要乘坐的车开走了

暴雨还在继续
我们互相埋怨
我们开始争吵
我们用最恶毒的语言攻击对方
把一切的错都归结为对方的错
你把儿子扔在我怀里转身离去
你身影消失在熙熙攘攘人群中

梦

（三）

我站在雨里

抱着儿子撑着伞

儿子醒了开始哭泣

是饿了是累了还是冷了

我抱着儿子

懒得去追你

有些人走着走着就散了

有些人不爱就是不爱了

（四）

我好像忘记了

忘记了女儿还在那个地方等我

等我去接她回家

我拨开匆忙的人群

我紧紧将儿子抱在怀里

我沿着那条熟悉的路奔跑

那条路的尽头有我的女儿在等我

惶恐

焦虑

烦躁

渴望

（五）

儿子的哭声越来越大

暴雨狰狞的咆哮也越来越大

我站在那条路的尽头

女儿额头流着鲜红的血

她的眼泪已经哭干

她看见泪流满面的我

她开始微笑

她笑着哭着向我跑来

她紧紧抱住我

我紧紧抱住她

梦

左手抱着儿子

右手抱着女儿

暴雨抱着我们

（六）

那辆开走了的车飞来了

就停在我们身边

一个等我多年的朋友叫我上车

我看看儿子看看女儿

女儿深情地望着我笑

我们微笑着转身离开

我们沿着来时的方向

（七）

路上的人都走散了

车也很少了

我们沿着来时的路返程

我们找到炊烟袅袅的烟囱下熟悉温暖的味道

那一盏昏黄的灯光下有最爱的人在等待我们

终于回到家了

母亲的饭菜热气腾腾

（八）

梦醒了

头痛

昨夜的酒香未散

——2018 年 5 月 19 日

13：40 于广州

梦

十、幻·梦

（一）

把誓言灌进玻璃瓶里，封存

这样，谎言就会一直在那里

你失望或高兴的时候

你身边还有那个瓶子

我在你生命中不是简单的过客

（二）

红烛的余香未尽

微弱的红光弥漫着复杂的剧情

你万念俱灰身上流血

瓶子在你的血液里跳舞

摇摇晃晃像深夜的醉汉

很多影子在黑夜中跳舞

红色的光是红色的血液

（三）

亲吻一下你绝望的眼神

离开这座永不再见的城市

亲吻一下你死去的眼神

我背上你开始流浪

我们一起离开

离开这座熟悉的城市

离开这座痛苦的城市

我们一起离开

去另一个地方

重新开始

重新相爱

梦

（四）

脚下的路很长很长

周遭尽是迷雾笼罩

野蝙蝠披着夜行人的行头

将灵魂融入深邃的夜色中

我看到三个自己的影子在身后跟随

都是多年前被你流放归来的追随者

（五）

我们一直走你一直在我背上走

我们在迷雾中重新介绍自己

我看到你死去的眼睛并无光芒

可我眼中的光一直在闪耀

你说你好

我说我爱你

你早就安排了一切

（六）

我又伤害了你
我的爱就是伤害

（七）

我的影子亲吻了你的额头
它们在你飘逸的长发绑上红绳
又告诉你山盟海誓和天荒地老

你和我的影子们互诉衷肠
你们合伙编织了天罗地网

（八）

我背着你，你在我的背上跳舞

脚下的路很长很长
我们还有很多故事要讲

梦

可现在你听不到我说话了

你喜欢影子们讲述的故事

（九）

我变成了一匹野马

我黑色的皮肤在黑夜里潜伏

黑色的迷雾是我忧伤的呼吸

（十）

我亲吻了一下你的额头便独自离开了

你正和影子们在迷雾中跳舞

——2018 年 1 月 24 日

16：40 于广州

十一、神旨

冰冷的月光在不确定的空气中
缓缓下坠，黑夜在森林深处
溃败。一条溪流长在大地的手臂上，
嶙峋且平静的光像一道用画笔画上的
闪电。一艘用信纸糊成的纸船
在一棵杨柳庇护的宁静中入眠
隐身的船夫并没有被光照亮
而那只像笑话的蝴蝶停留在船夫的
脸上。用黑暗确立的王国诉说着远古的骄傲

你的眼睛要求华光将黑夜击碎
你多年前为了逃避绝望
藏在溪流的鼻孔里。水底冰冷的石头
将你的心脏冰冻起来
而今晚，你在一束光的缝隙中
看到了天空焚烧的火焰

梦

看到了世界的窒息和即将到来的新生

没有人喜欢冰冷的河底和无尽的孤独

而今晚，上天允许你从光中出生

也允许你生下所有的光

在你亲吻了那颗长满苔藓的鹅卵石之后

一只凤凰从天空的裂缝处俯冲下来

将你从冰冷的河底捞出

你坐在纸船之上，像个谎言

而凤凰的尸骨被刻在你亲吻过的鹅卵石上

你对着月光说：抱紧我！抱紧我！

这样你再也不会失去我！

从此以后，你手指划过的地方

就有闪电划过

你微笑时，死亡也会微笑

而你从不谈死亡！

——2023 年 8 月 2 日

01：24 于湛江

十二、秘密和谜

（一）

没有繁星

和月

路灯零星的光

将路

和一些植物

照亮

很多人

都是

陌生人

在这条路上

走走停停

我也是

别人眼中的陌生人

梦

（二）

我摸了一棵

陌生的植物

被刺伤

查阅后才知

连翘是它的名字

其实它叫什么

都与我无关了

而它今晚

刺伤了我

没有人知道这个细节

指尖细微的血迹像个

童话

也像一个我经常做起

的梦

这个熟悉又诡异且捉摸不透的旧梦

像某些感情一样刻在我迷茫的心里

让我觉得

恶心透顶

多少年过去了

我十七岁踩在雪花上的声音

还刻骨铭心

后背山

衢谭村

四组，那个一世祖坟前的家

前后左右都是家

而我

暂时逃出来了

（三）

我经常做一个梦

几十年一直在重复

有时在畈泥中学

有时在通山一中

我从教室里跑出来想去厕所

有时下雨

有时阴天

有时晴空万里

梦

不管我穿越雨水阳光

或是平平淡淡的阴天

到达公共厕所的时候

看到的都是脏东西

不敢迈腿不敢脱下自己的裤子

太脏了，太恶心了

梦里的一切为何如此恶心

为何像一个噩梦一样跟我纠缠不休

而且场景都是我记忆最深刻的学校里

（四）

很多时候，我感觉到

自己和一般的人不同

所以我经常跟自己说

我是一颗，坠落凡尘

的星星

悬挂在天空的时候

为了照亮谁？

而坠落凡尘

又是为了谁？

那些可怕的梦
那些熟悉的梦
一次次一遍遍
在我梦里循环
到底是为了什么？

（五）

可以这样吗？
让我从尘世逃离
抑或解脱
让我的父母
和子女都安好
让我独自一人
面对梦里的场景
和现实中的决绝
可以这样吗？
如果可以
请给我一个

梦

全新的梦

请你在梦里

告诉我全部

　　　　——2022 年 11 月 21 日

　　　　　20：14 于广州

十三、时间的裂缝

（一）

我在某个地方

等了一个人好久

好久之后我转身离去

我依稀听到她的声音

那一瞬间我进入一个纸糊的世界

纸老虎纸风筝纸糊的早餐和孩童

我好开心啊！一路跳跃着去触摸

那个纸糊的世界

途中我抱起了一个孩童

一个陌生又很熟悉的人

我们说着笑着就走到时间的边缘

我的双脚正好踩在时间的裂缝上

没有人告诉我时间的裂缝是什么

我清醒地知道眼前看到的：

梦

这黑与白分裂出的光就是时间的裂缝

往前一步是触手可及的现实

往后一步是浩瀚无垠的虚无

我抱着那个纸糊的孩童

毫不犹豫地往前迈出一步

我掉落在鸡零狗碎的凡间

被一个清洁工无情地取笑：

你这么大了还四处流浪

还纸老虎纸风筝纸世界

做个白日梦还手舞足蹈

哦

原来她偷窥了我的梦

（二）

在某个角落里

还有几个流浪汉

其中有一个胖子在打呼噜

我在世界各处惹尘埃

最后被一道锈迹斑斑的铁门

拉回了现实
当我打开第一道铁门
就听到第二道铁门里孩童的声音
应该是那个我抱着跨越时间裂缝的人

我只听到了他的声音
而他的母亲又给了我一个新梦：
那又是一个黑白色的世界
很多人惊恐地哭泣
我在天空飞翔着
我看到他们的耳朵都很大
我把风都吞进肚子里
然后假装看到的世界风平浪静

我在梦中又做了一个梦：
我挣扎着要睁开眼睛
想看看那个造梦的人
可事与愿违——
一群强盗闯进了我的梦中
掠夺了倔强的希望
制造了无尽的惊恐

梦

我在梦中被自己的哭泣惊醒

有人问我为什么哭泣

为什么一直在哭泣

我把梦和希望都弄丢在另一个梦中了

哪一个才是真实的我?

哪一个才是真实的世界?

(三)

时间的裂缝真的存在吗?

如果不存在,那为何我曾真实地将它踩在脚下?

如果存在,那我该如何找回那个失去的梦

以及那道能够创造新生的裂缝?

梦中的世界真的存在吗?

如果不存在,那为何我经常莫名地闯入那个

完全陌生却栩栩如生的世界?

如果存在,那我到底是属于这个世界还是属于

那个充满黑暗的世界?

时间的裂缝真的存在吗？

梦中的世界真的存在吗？

我们的灵魂真的存在吗？

——2024 年 3 月 16 日

08：30 于武汉

梦

地

Chapter 5

一、故乡

怀着忐忑和不安的心情

驱车千里重回故乡

再一次踏上这片故土

映入眼帘的是老弱病残、残垣断壁

荒凉、孤独、无助和绝望

当然也有单纯、善良和淳朴

小时候走过的很多路都不见了

小时候认识的很多人也不见了

而我总有一天

也会从这个世界消失

时间总是这样

轻描淡写地夺走我们的一切

当我再一次走在铺满碎沙石的小路上

当我的脚步踩在碎石上

地

发出轻微又刺耳的声音时

我的心中泛起一片涟漪

脚下的碎石就像我当年

丢弃在这片土地上的纯真

一点一点刺痛我无处安放的灵魂

那些泥土里长出的菜、开出的花

长大的树、枯萎的草

都是我不可找回的青春的一部分

还有一些田地里、坟头上插满了纸花

每一朵纸花下面都是一个逝去的灵魂

是某个人曾经的挚爱或至亲

一弯清泉石上流

叮咚的泉水

冷冽的泉水从溪间流过

也从我的心中流过

那种清澈透明、冷冽孤独的声音

像一段被遗忘的历史中

某个人随手丢弃的一个音符

在我行走的方向：左边是农田

右边是青山，心中是爱

浅浅的小溪里铺满青石

落单的水仙开出细细的花蕾

鸟雀在芦苇丛中啼鸣嬉闹

荒废的农田长满了野草

三两头水牛正悠闲地进食

雨后的晌午空气格外清新

刚出土的玉米苗充满希望

被果实压低头颅的油菜秆

饱满的蚕豆和绿油油的蒜

都释放出丰收的喜悦

我在一座青石铺就的"小桥"上静静地站着

看远山、看近水，看水中自己模糊的模样

看花、看草、看蝶、看鸟

看纯净的天空何时画上一朵淡淡的云彩

我是一个从大山走出去的孩子

而这个宁静的下午我置身山中

又一次成为大山的一部分

地

　　此时，我明白了一个道理：

有些东西一直在那里，只是我们不想要了

是我们变了，变成那个自己都讨厌的人了

　　　　　　　　　　——2022 年 4 月 29 日

　　　　　　　　　　16：48 于通山

二、花城

三角梅

开花了

爬满了窗户

吞没了围墙

包围了高架

每日

从晨光中醒来

在花丛中穿梭

在喧嚣中沉寂

像辛勤的蜜蜂

像流通的空气

当雨

从天空坠落

将城市治愈

将黑暗唤醒

地

而我

还深陷爱的泥潭

还在上一个传说

的剧情中呢喃细语

花

年年开

很多人

多年前就离开了

离开了

就再也没有走进

我的生活

人来人往

花开花落

而交心的人

却是

越来越少

今夜

细雨绵绵

月缺星隐

孤独人

流浪人

多情人

在钢筋水泥筑就的城市中

买醉

花香入夜

夜难眠

——2021 年 10 月 14 日

22:08 于广州

三、生物岛

江心，波光粼粼

岸上，霓虹闪闪

逆流而上的船

满载思念

黑夜

蛙声一片

蟋蟀欢鸣

追光的飞蛾

捕食的白鹭

沉入江底的鱼

走出心里的人

四月

所有的花都开完了

于是

景观灯便将树的秘密

照亮

从此，世界变成了

一颗透明的蛋

一群人

在一个岛

走走停停

重复遇见

却

毫不相干

愈繁华

愈孤独

——2021 年 4 月 17 日

20：30 于广州

地

四、北方之一

（一）

踏着光出行，

微雨让城市感动。

杧果树、篮球场，

一辈子都不习惯穿鞋的街坊。

穿越黎明和黑暗，

在村庄拐角停驻，

等那个

等了很久的人

经过。

从黎明到黑夜，

那个人

再没出现。

（二）

最后一辆车，

在城市的道路中

迷路。

远方的星辰和胸口的情书

一样无耻。

刚醒来，

看见你哭。

你问：

你会一直在我身边吗？

（三）

漫过膝盖的雪，

将你照亮。

火车压着父辈的脊梁驶来，

停靠在你出生的小镇。

赶集的老人，

将漫过膝盖的雪染红。

我褪去衣衫，

地

将冰冷的雪，

抹在胸膛，

热气腾腾。

你父母却说：

是个疯子。

疯子。

北大仓、高粱酒，

舍不得开的茅台，

以及

那种在你家，

喝醉无数次却不知名的米酒，

勾起回忆。

对。

我是疯子。

用雪下酒的疯子。

（四）

很多年过去了。

光，

还时常，

照耀着大地。

照耀着雪和

往事。

酒，

还像形影不离的敌人，

将我追杀。

那个用了一辈子的号码，

下辈子还要用。

（五）

左手的右边是南方。

当洋紫荆和玉兰一同苏醒，

纷纷扬扬的柳絮，

哭泣着春光乍泄。

我知道，

那个倔强的女人，

又来了。

啊！北方！

我一直，

地

在南方。

娶妻生子。

逍遥自在。

啊！北方！

杀死爱的地方！

——2020 年 3 月 7 日

23：27 于广州

五、北方之二

（一）

茶园

向北方绵延

茶香

在空中弥漫

采茶人在芬芳中老去

酒窝洋溢的微笑

被鸿雁迷恋

那个清晨

微雨淋湿了窗几

我赤足从黑夜走来

拉着你的手

你捧着明前的绿茶

说春天快要死了

地

你劝我喝下那杯翠绿
你劝我松开你的双手

（二）

我松开了你的手
趁晨曦的光芒睡眼惺忪
趁我还没有后悔

（三）

很多年过去了
南方的天气始终潮湿
细叶榕总把根须挂在胸膛

紫荆花开的时候
紫荆花落的时候
你偶尔会
问我
这——是你的城市吗？

我说是呀

你说怎么会

这么

美

是啊

怎么会

这么美

（四）

孤独时

再美的花都可以煮酒

思念时

再长的思念都是救赎

我时常

在细雨蒙蒙的晨早

抑或黄昏

独自一人

煮一壶青茗

地

读一首长诗

思念那个你

那个再无瓜葛的

你

（五）

直到今天

我几乎可以确定

我们都找到了

自己的幸福

北方才是你的家

我只是在多年前的

那趟旅程中丢掉了自己

的灵魂

在北方

北方的北方

我永远地失去了自己和爱

那一夜的眼泪随夜流淌

流向南方

（六）

如今我

在南方

流浪

流浪

——2019 年 3 月 14 日

21：11 于广州

地

六、金沙湾·独语

跨海大桥在迷雾中躲藏

海风将蓝色的浪潮掼上沙滩

沙粒被亲吻过的痕迹裸露在眼前

细细的柔软的沙粒像无处安放的灵魂

扎麻花辫的姑娘穿一身洁白无瑕的连衣裙

她挽起蕾丝花边的裙裾赤足从我身边走过

她轻轻地慢慢地静静地走向远方

弯弯曲曲的脚印被午后的阳光照亮

散发着金光闪闪的芬芳

我坐在自己的肩膀上

身前是大海

脚下是沙滩

身后是世俗

微凉的海风将思念的种子吹醒

这午后难得的片刻安宁只属于自己

在这个陌生的城市把灵魂摆在沙滩上
任凭海风吹尽它前世今生所有的罪孽

我也只是一颗坠落凡尘的星星
再也无法将人世间的愁苦照耀

——2019 年 3 月 4 日
13：55 于湛江金沙湾

地

七、韵

赴一场约

回家的路上

摔倒在田间

躺在油菜花上

好柔软啊

邻居家种的桂花

已长成奢侈的模样

而我，还是一棵

长不大的小草

花开的时候我不在

花谢的时候我写诗

而乡愁和思念

是一首永远写不完的

诗歌

——2024 年 2 月 19 日

23：08 于通山

八、衢潭

黄昏，我坐在田野中间
山下的楠竹被上次的雪
压弯了腰。那棵突兀的松柏
也遮住了乡村最后一朵乌云

田野中，我被参差不齐的油菜花
包围着。左边是儿时记忆的小溪
右边是父亲种下的油菜花。而风
轻轻拂过我的脸颊。我看着远山
看着儿时的记忆被风一点点吹散
又被乌云聚集在一起，像一朵花
又像一个永远都无法忘记的故事

被硬化的乡村道路
被垃圾填埋的梦想

地

被永远遗忘的故人

以及我正思念的人

都深深刻在脑海里

一个普普通通的乡村

一段刻骨铭心的回忆

一辈子逃不掉的梦魇

一生都会牵挂的故土

黄昏以它的方式迎接黑夜

我正用我的能力改变世界

黑夜是我一只苍白的眼睛

而我正在赶往光明的路上

我生在这个地方

成长在这个乡村

而现在的我，正坐在泥土上

感受大地和乡情巨大的魅力

我深爱地

我念念不忘的

如今还爱着的

这片热土还散发着

源源不断的魅力

——2024 年 2 月 18 日

18：30 于衢潭

地

九、致乡愁

你在沙漠赤脚奔跑

像个孩子一般

体验这世上最简单的快乐

沙丘那边的沙

总想吞噬这个贫瘠的城市

而你的善良和泪光

像一道靓丽的风景照耀着

芸芸众生和同样善良的人

该以怎样的方式把爱呈现在这世上

该用怎样的方法改变这贫瘠的土地

你选择了一条最艰难的道路来证明

你的决心和宽广的胸怀及伟大的爱

其实我知道你并不认为这是种伟大

再甜蜜的水果也甜不过你的笑容

再困难的环境都改不了你的初衷

你像个天使更像个英雄一般活着
我看你做的一切流下滚烫的热泪

你虽平凡却永远是我心中的英雄
你我虽陌生却被赋予动力和信心
但不管怎样你我心中都有爱留存
既然爱没有大小之分，那么多人
都等着我们去爱等着我们去温暖

乡愁是个名字乡愁也是一首歌
更是我们心中挥之不去的梦魇
你深爱着这纷繁的世界却还是如此简单
我不再简单却也还深爱着这纷繁的世界

多好啊！乡愁
让爱，让简单
在世间横行吧
我也学着简单

——2023 年 12 月 9 日
21：15 于武汉

地

十、旧篮球场

（一）

熟透的杧果子跌落在球场水泥地上

经过一整夜的挣扎流下橙黄的血液

岁月的痕迹印刻在水泥地皲裂的唇齿间

斑驳陆离的光阴被嘈杂的喧嚣静静吞噬

老人们在村口的老榕树下等候宿命之门开启

春华秋实的岁月在杧果树上结满了累累硕果

一场秋雨淋湿一群刚刚苏醒的红头蚂蚁

它们沉浸在昨夜的那场美梦中难以自拔

它们吞噬着斑驳陆离的水泥

它们挥霍着无与伦比的青春

短暂的美美得不留下任何痕迹

（二）

离家的少年归来已是中年
臃肿的身材装下很多故事

美好的邪恶的痛快的遗憾的故事
纷繁的心再也无法拥抱些许纯真

那些熟悉的人和事都不见了
只剩下这么个老旧的篮球场

他好像看见当年的自己和小伙伴
球场是他们整个童年快乐的源泉

是啊，是啊
几十年过去
他们都老了

地

（三）

小雨中他点燃一支香烟
刚吸一口就被雨淋湿了

他索性张开口
仰面朝天大笑

他大口大口吞着雨水
杧果腐烂的味道醇香

（四）

月亮和太阳同时挂在天空
第三个月亮在这一天醒来
它把第一个微笑扔给了他

他独自一人在旧球场走着
他走着走着走着走着走着

那些年写的情书爬满蟑螂

没寄出也没有被谱成曲调

哦，他
再也找不回失去的爱和自我

（五）

那天后接下来的几天
他把自己锁在旧球场旁的老房子里
他一遍遍看着当年枯燥幼稚的情书
他一遍遍跟蟑螂讲述肚子里的故事
他用廉价白酒一杯杯敬对面的自己

月光和黄昏的霞光生下忧伤和哀怨
他眼角滚下的热泪灼伤沉重的回忆

蜘蛛在他两眼之间结下纷繁的网

（六）

一群年轻人唱着歌

地

汗水滴落在旧球场

杧果树一年又一年结果又腐烂

他醒来就开始学谱曲
歌词是他当年写的诗

——2018 年 8 月 13 日
20：35 于广州

十一、故乡

二世祖的坟

就在家门口

后背山长满各种树

经常开花

小时候

一下雨

山上就会滚下鲤鱼

我们的欢笑

都浸在雨水里

那个时候，快乐

很简单

可以是一场雨

一尾鱼

一朵花

一把泥巴

一只麻雀

甚至是

父母的一个巴掌

如今我

甚少归家

后背山沙砾上青草的味道

还刻在我的脑髓里

用芦苇空心的秆

去吸山茶花上的蜜

声嘶力竭地喊醒沙砾中隐藏的虫

死后挂在树上的猫

活着被我们绑上手脚却有翅膀的

不知名的虫

后背山,埋葬了青春

也孕育了希望

靠后背山的树木

煮饭取暖的爷爷奶奶

早已驾鹤仙去

坟头的杂草遮蔽天日

我跪过、哭过、追忆过
却再也不能与他们相见
咫尺天涯
就是他们长眠的地方
我就在眼前
却天人永隔

十八岁写的诗
还藏在床底
而那一场深不见底的雪
彻底消失了
我在深雪中烙下的痕迹
就是我刻在自己胸膛的诗
再没那样简单的快乐
时光的车轮滚滚向前
我一直在走
在不同的地方不停地走
而父母
回到了故乡
回家了就不想动了
他们守在小小的窝里

地

等一个结果

每到深秋

夜幕垂下

星星点点

故乡

被深邃的黑夜笼罩

农人睡去

禽畜归笼

死寂一般的宁静

并不能掩埋所有的欲望

华光

思念

故乡

生活

无奈

都是赤裸裸的

讽刺

——2021 年 8 月 20 日

22：15 于通山

十二、旧站台

旧站台

灯光昏暗

两条老铁轨锈迹斑斑

在夜色中向远方延伸

偶尔有绿皮火车在深夜经过

昏黄灯光穿不透稠密的思念

一个女孩趁着月光赶路

那正是火车离开的方向

旧站台被甩在身后

所有回忆都被抛弃

地

时光终将带走一切

旧站台

灯光昏暗

我多年前去过的小镇

我多年前经过的站台

我多年前爱过的女孩

我多年前刻骨的故事

都化作一缕夏风

融入夜色和穹宇

旧站台还在

我再没回去

多年后才知道

你也回不去了

这个夜晚

我看见

繁星中

旧站台

人来人往

——2017 年 8 月 14 日

20：28 于广州

地